中国文学名家小小说精选丛书

种在城里的麦子

韦如辉　著

江西高校出版社
JIANGXI UNIVERSITIES AND COLLEGES PRESS

南　昌

图书在版编目（CIP）数据

种在城里的麦子 / 韦如辉著 . -- 南昌 : 江西高校
出版社 , 2025. 6. -- (中国文学名家小小说精选丛书).
ISBN 978-7-5762-5601-7

Ⅰ . I247.82

中国国家版本馆 CIP 数据核字第 2024S5P769 号

责 任 编 辑　邹紫今
装 帧 设 计　夏梓郡

出 版 发 行　江西高校出版社
社　　　址　江西省南昌市新建区工业二路 508 号
邮 政 编 码　330100
总 编 室 电 话　0791-88504319
销 售 电 话　0791-88505090
网　　　址　www. juacp. com
印　　　刷　鸿鹄（唐山）印务有限公司
经　　　销　全国新华书店
开　　　本　650 mm×920 mm　1/16
印　　　张　13
字　　　数　160 千字
版　　　次　2025 年 6 月第 1 版
印　　　次　2025 年 6 月第 1 次印刷
书　　　号　ISBN 978-7-5762-5601-7
定　　　价　58.00 元

赣版权登字 -07-2024-981

CONTENTS
目 录

种在城里的麦子

◀ 熄 灯

····················

　　马建国到物业竞聘保安时，经理用奇怪的眼光盯着他问，看你的穿着，不像个生活上有困难的人，身体怎么样？保安的待遇并不高，可是对于身体不好的竞聘者，他们的条件比较苛刻。万一有个三长两短，他们可不想找不必要的麻烦。

　　马建国踢着腿，抡起拳头，在自己的胸脯上擂了几下。意思说，棒棒哒。

　　学苑小区紧邻县一中，是个标准的学区房。精明的房主们，买了房并不住，而是租出去，得到一笔不菲的租金。

　　马建国负责小区的晚班，值一夜休息一天。有时，马建国白天也来转一转，东瞅瞅西瞧瞧，一副对什么都不放心的样子。同事们乐于他这样，毕竟省去他们不少的事。

　　孩子们放学晚，晚上十一点开始，才陆续从教室里回来。这时候的马建国，一个一个地看，生怕哪个孩子没回来。

　　等孩子们全部回来了，他才在值班室里喝口茶、吸支烟，之后到院子里溜达溜达。

窗户亮着灯，各家各户好像比赛似的。

马建国心头浮出隐隐的痛。孩子们真不容易，压力山大啊。

一般到深夜十二点钟，窗户里亮着的灯，才陆续熄灭。也有个别的，跟黑夜较着劲。

二单元四一五就是个别的，灯亮到凌晨的情况时有发生。

马建国的两张眼皮打着架，一个说，困，睡吧；另一个说，睡吧，困。而看着四一五的灯光，马建国睡不着。马建国想打个电话说一声，太晚了，熬坏了身体，不值得。电话拿起来，又放下。或者，号码拨了一半，又把电话挂掉了。

四一五住着祖孙两个人。孙女上学，奶奶陪着。像这样的家庭在县城很多，爸爸妈妈到外地打工，留个老年人守着。

孩子叫王小妮，读高二，正是冲刺的阶段。奶奶常年吃中药，一缕缕熬出的中药味，通过门窗的缝隙钻出来，在院子里游走。

王小妮背着沉沉的书包，从门岗走过。孩子的成绩怎么样？马建国倒不十分关心，他关心孩子的身体。孩子的精神不错，走起路来蛮有劲的，马建国笑了笑，觉得那天的空气真好，或者天气真好。若是孩子的精神不好，走路蔫蔫的，跟霜打了似的，马建国的心，也像孩子的书包一样沉沉的。

有一天，孩子从门岗经过，马建国悄悄靠上去，打了招呼，孩子，上学去？其实，马建国的问题是多余的，他知道孩子是上学去。孩子愣了愣，停下脚步，盯了马建国三秒钟，点了点头。马建国张了张嘴，还想问什么，孩子低下头，悄悄走开了。

后来有一次，让马建国跟孩子多说了几句话儿。孩子放学回来，一只流浪狗跟着她，小狗身上脏脏的，散发着酸臭味。孩子手里拿着一张千层饼，香气扑鼻。孩子想赶小狗走，小狗不走，一直盯着她手里的东西流口水。孩子急了，几次回头赶小狗走，小狗还是跟着她，像自己长出来的尾巴，孩子的眼里噙着泪水。马建国拎一根橡皮棍，一手护着孩子，一手吓唬着小狗。小狗见到马建国，头也不回地跳远了。

马建国说，孩子，别怕，有爷爷呢。

孩子擦着眼泪，弱弱地回了句，谢谢爷爷。

马建国问，你奶奶的身体怎么样？

孩子刚刚擦去的眼泪又回来了，啪啪地往下掉着。马建国知道，孩子奶奶的身体肯定不好。

马建国那天的心情十分不好，他回到家，自个喝了半瓶酒，还摔了一只碗。

怎么不见王小妮的奶奶下楼？王小妮的奶奶怎么不下楼呢？类似这样的问题，在马建国的脑海里翻腾。

有几次，马建国悄悄来到四一五的门前，将手举起来，又悄悄放下了。他回到门岗室，或者在院子里，使劲地吸着烟。

王小妮那天回来得早，灯也熄得早，马建国心里轻松了许多。

半夜时分，马建国迷迷瞪瞪睡着了，有人焦急地拍着门。马建国爬起来，从玻璃里看到王小妮。王小妮边哭边说，求求你，救救我奶奶吧。

马建国打了120，飞快地向四楼奔去。

救护车上，奶奶攥住马建国的手，一直不放。

马建国拍着奶奶的胳膊，噙着泪说，淑贞，不怕，有我呢。

王小妮停止了哭泣，疑惑地看着眼前的这两位老人。

◀ 回　响

老沙还有一个月就要退休了。

下班了，老沙还穿着一身税服在家里晃荡。老伴撇了撇嘴说，老沙，咱想开点，天下没有不散的筵席，谁没有这一天？

老沙不接老伴的茬。心想，三十多年啊，一眨眼的工夫。忽然又想起了什么，大声对老伴说，我那一套春秋装干洗了吗？

老伴似乎没好气，嘟囔着回答，洗了洗了，干吗非要干洗？浪费钱！老伴看了一眼老沙脖子上的那条脏兮兮的领带，再嘟囔着说，你脖子上那条链子，也该洗了。

老伴不叫领带，叫链子。反而把老沙逗乐了。

办公室里，老沙在看报纸，敲门进来一个人。您是沙局长吗？

老沙想，沙局长是谁？谁是沙局长？老沙瞅了瞅办公室，就自己一个人。再瞅瞅来人，一个高挑的女士，笑容可掬地冲着自己微笑着。老沙问：你是？

女士把一个纸袋放在茶几上，回答说，我叫于子英。

于子英？老沙开动脑筋，却想不起于子英是谁？

于子英坐下来，眼圈开始发红，继而抽泣起来。

老沙慌了。姑娘，您这是干什么？

于子英不回答老沙的问话，擦了一把泪，反问了一句，您老还记得于屠户吗？

三十年前，老沙还是小沙，刚到大别山区一个三面环山的偏僻小镇工作。穿着一身蔚蓝的税务制服，小沙的自豪感溢于言表。

第一次上街收税，就碰到蛮不讲理的于屠户。于屠户一脸横肉，手里的刀子明晃晃的，不时在一个铁钎子上当当。于屠户眼睛里露出凶光，说老子从来没缴过税！

小沙想，从来没缴过税？好大胆，这不是明摆着的偷税漏税吗？凭着一腔热血，小沙坚决不答应。

一来二往，急了眼的于屠户，挥舞起了刀子。

小沙受了伤。于屠户被抓了起来，关进了拘留所。

没想到，于屠户血压高，在号里抢救不及时，死了。

每每想起这件事，老沙心里都隐隐作痛。在于屠户的葬礼上，一个小姑娘哭得鼻涕一把泪一把的，把老沙的心都撕碎了。

为了安全起见，组织上把他调到了另一个税务所。一晃，三十年过去了。三十年里，自己由小沙变成了老沙。每年，他都向于家寄一笔钱。他想，家里没有了顶梁柱，日子怎么过呢？但是在落款上，他从不具名。

于子英说，我就是于屠户的女儿。

老沙站了起来，警惕地盯着于子英。

于子英收起了悲伤，脸庞上渐渐堆起了笑意。她对老沙说，那个事不怪您老人家。开始，我们全家人都恨您，如果没有您，我们还是一个完整的家。可是，我长大了，慢慢知道税收是国家的事。而今我回来了，在开发区办了企业。于子英递过来一张名片，于子英的名字后面，印着董事长三个字。

于子英上大学，出国，回乡创业。现在，她的企业叫鸿达集团。老沙知道，这个企业不得了，在这个山区小县城，数一数二的。

于子英的袋子忘了带走了，老沙无意中瞅了一眼，吓得差点晕倒。几捆人民币啊。怎么会是这样？

老伴看着垂头丧气的老沙，双肩塌下来，领带松散着，吃惊地问：老沙，你怎么了？病了？一只手轻轻伸到了他的额头上。

老沙说了于子英的事。老伴说，赶紧给人家送回去啊？快退休的人儿，别惹出什么糗事来！

老沙又从袋子里拿出一封信，何子英写给自己的感谢信。何子英在信中说，她查清了汇款人，就是老沙。现在，她家的日子过富了，她要双倍奉还给他。并且，郑重邀请老沙退休后到鸿达集团工作。

老伴的嘴张得很大，多年来怀疑老沙的不忠烟消云散。

老两口商议，钱退回去，何子英肯定不要。他们决定，捐出去，给需要的人。至于工作吗？老伴持反对意见。老沙，这样不妥，吃人家的嘴软啊。

老沙却笑了笑，心头掠过一丝彩云。

两个月后，退休的老沙正式到鸿达上班，却没有服从何子英的安排，当什么集团的税收顾问，他申请去了仓库。

　　老沙想，仓库这个地方虽然既脏又累，但是最能反映企业的诚信情况。他要尽到责任，好好给于子英把这个关，就是这样。

◀ 画 桃

　　文件很快下来了，马之途任河湾村扶贫队长。组织部迅速作出安排，于两日内报到上岗。

　　河湾村位于鸡鸣听三县的地方，一条 60 年代人工打造的茨淮新河，在这里调皮地拐了一个弯，便一路东去，入淮河，进洪泽湖。

　　马之途想，河湾村可能因此而得名吧。之前，马之途上过网，想了解一下河湾村的基本情况，而强大的网络却显示着无搜索内容五个字。马之途懵了，有点瞬间驶入团雾的感觉。

　　在单位，马之途的文艺范是出了名的，主要是因为他画了一手好画，画技虽然没有达到登峰造极的水平，但在这块名人稀缺的小城，已小有名气。平时，请他馈赐墨宝的不乏其人。

　　马之途急于离开这种环境，想寻找一份真正属于自己的宁静，这有利于自己的成长。机会终于来了，就是这次三十名扶贫队长的选派，他没有征求妻子的意见，便不假思索地报了名。

来到河湾村时，天气出奇的晴朗。阳光下，冬天的黑土地好像涂了一层乌金，河水在耳边潺潺而过，一声狗叫顺着河道不慌不忙地游走。马之途下意识地摸了摸背包，那里面装有他心爱的画笔和画板。在他的心底，突然之间涌上来一股笔走龙蛇的冲动。

一条脏得不能再脏的小狗，始终跑在前面，与他保持着十步之遥的距离，它没有叫，而是不停地摇着小尾巴。在厌恶的同时，马之途多少感到一丝温暖。

马之途在小狗的带领下，来到了一个老人的家里。老人叫三爷，有个孩子来找他要一块钱，就是这么叫的。孩子得到钱，蹦跳着淹没在阳光里，马之途也叫了句三爷。

三爷的脸上布满皱纹，刀刻斧凿的纹路里露出了笑容。他问马之途，你过路的？喝水吗？

马之途回答，我叫马之途，是县里派来的，到这里扶贫。

老人的腮帮子鼓了再鼓，好像一个糖块在他口腔里慢慢融化。

老人自言自语，走了一个，又来一个。刚刚爬上脸庞的神色，树荫一样暗淡下去。

河湾村是个老贫困村，村里 80% 的人口都南下了，留守的非老即童，还有六个常年在床上呻吟着，与病魔作生死抗争的。

接下来一家一户的走访，让马之途的心头阴云密布。在城里长大的他，过着优越的生活，他根本没有想到，天底下还有这样贫困的村庄与人群。

夜里，村庄的寂静如期而至，无边无际的黑暗里，哪么再来一声狗叫，也会让人觉得安全。可是，那只小狗呢？难道它也睡着了吗？

　　无数个怎么办？像箭雨一样落在心头，马之途抓耳挠腮，却想不出好办法来。有几次，他拨打了妻子的号码，但没有再按发出键。这一阵子，他打电话不接，发信息不回，妻子发到朋友圈的微信，风一样消失了。马之途知道，妻子生气了，把自己拉黑了。一种不祥的预兆，在他脑袋里嗡嗡直叫。

　　春天来了，小草露出了尖尖的笑脸，河水欢快起来，奔走的脚步越来越急。裸露的滩涂上，一树桃花含苞待放，马之途眼睛一亮，好像被清冽的河水冲洗干净了似的。他匆忙回到住处，取来画具，沐浴在早春的阳光里。

　　在马之途的画板上，一树树桃树若隐若现，连成片，连成块，一直绵延着，随着河水欢快地延伸。细碎的桃花，斑斑点点，将一块不大的画板挤得热闹非凡。

　　三爷不知什么时候走过来，悄悄站立在马之途的身后，那只刚被雨水冲刷过的小狗，身体的毛发闪烁着本来的光芒。

　　三爷喃喃地说，饭凉了。说过，老人的眼光移开画板，向河水流动的方向跳动。如果这荒凉的滩涂里，开满霞光万丈的桃花多美啊！三爷想。

　　马之途与三爷的想法不谋而合。马之途认真做了规划，并上下左右奔波，得到了有关部门的资金与技术支持。在又一个春天到来之前，河湾村桃花源工程一期，上万株的桃林初具规模。

　　马之途的画作《桃花源》在全国获得一等奖，奖金不菲。

　　奖金正好有了用处，马之途全部捐出来，对桃林内的基础设施进一步优化，"花开桃花源，大美河湾村"的旅游规划跃然纸上。

桃花节开幕的那一天，人山人海，车水马龙，河湾村的留守部队全部上阵，全力搞好服务。乡亲们心里自然有一本清账，他们的腰包里，从此多了一份意外的收入。

妻子发来微信，告诉马之途，她现在就在桃花源。

马之途从三爷手里，一把夺过扩音器，匆忙向人海里挤去。一年多没与妻子见面了，两行清泪，在他粗糙的脸庞上流星一样划过。

他想，这一次，他将牢牢地抓住她，一刻也不让她离去。

◀ 青青的草地
....

　　小城的东南角新建一块草地，足有四五个篮球场那么大。在人口稠密、土地稀缺的皖北平原，这项抉择无疑是个大手笔。

　　草皮是新铺上去的。几遍水撒过，阳光下，草地绿绿的，泛着油光。

　　凡是发现了这块草地的人们，几乎都在心里发出哎呀呀的惊叹。之后，不由自主地掏出手机，摆好姿势，咔嚓咔嚓地拍几张图，发到朋友圈里。

　　老人是个例外。当他步履蹒跚地来到这里，并没有拍照。他站在那里，弯曲下来的身躯雕塑般凝固了。他没有说话，嘴唇哆嗦着，呜呜呜发出混沌的声音。良久，眼眶里滚出一颗水一样的东西。

　　一群调皮的麻雀，从他头顶上叽叽喳喳地飞过，落在草地上，脑袋一起一落地吃食。

　　第二天，老人又出现在草地旁边。第三天、第四天……同样

种在城里的麦子

的情形复制粘贴般重演。直到第九天，算是个例外，老人没有如期出现。天下了雨，雨滴打在草地上，青青的小草，绿得涨眼。

风是昨天夜里刮起来的，枯树叶儿和废纸片儿舞蹈着，从上风口堂而皇之地飘过来，在草地上安了家。

老人到的时候，哎呀呀喊了一声。他老人家喊谁呢？周遭没有人，只有鸟和鸟叫。

老人脱掉鞋，轻轻踏进草地，弯下腰来，捡拾草丛中的树叶儿和纸片儿。老人没带方便袋，他把那些肮脏的废物，装进自己干净的口袋里。

老人捡得很慢，因为他每一次弯腰都显得吃力。他咬着牙，吸着气，汗珠儿从他苍老的脸庞上滚下来。

太阳从东边升起，走得像老人一样缓慢，而不停地移动，渐渐挂到了南天。

另一个老人焦急地跑过来，边跑边喊："该死的，你跑到这里干啥？作死啊。"

老人并没有回应她，眼前乱七八糟的东西多着哩。老人在心里嘀咕，哪来的这些东西？造孽啊！

另一个老人更急了，她好像攒足了劲的箭，非射到固执的他不可。

老人大喝一声，站住！

她没站稳，差点被老人的呵斥声绊倒。她的身体晃了晃，再晃了晃，眼里的太阳被她晃出了无数颗金星。

老人说，脱鞋！

另一个老人没有脱鞋，她退出草地，蹲坐水泥地上，呜呜地哭。

她来喊老人回家吃饭的，饭凉了，老人刚做过腰椎手术，肠胃也不好。没有想到，她的好心，却被老人当成了驴肝肺，怎能不气呢？

老人走过来，蹲坐在她身旁，拍着她的背。她的背，像在筛着糠。

老人嗔怪道：别哭了，怎么跟个孩子似的，我又没说你啥不是，啊。

另一个老人耸了肩，似乎要摆脱老人的脏手，突然间，哭得更孩子气了。

老人望着草地，喃喃地说，看看，这么好的一块草地，弄成这个样子，搁谁谁不心疼！老人的眼里，只有一小块草地是干净的，其余的一大块，着实让老人心痛。

第二天，阳光依然很好，两个老人来到草地，戴着手套、钳子、方便袋，背包里装有茶水、火腿肠、方便面。

两个赤着脚的老人，像两只小船，行进在海浪般的草地上。那些漂浮到上面的废物，被他们小心地打捞上来。

第三天、第四天……

第六天是个星期天，一队戴着红领巾的小朋友，从这里路过。他们其中的一个，先看到了老人，好奇地问另一个，快看，他们在干什么？

小朋友们的目光，都被好奇吸引了过去。

带队的是个年轻的女老师，她笑容可掬地告诉孩子们，爷爷奶奶在捡垃圾呀，同学们，垃圾破坏环境，该不该捡啊？

小朋友们异口同声地回答，该捡！

老师接着问，我们该怎么办呢？

小朋友们明白了，他们纷纷脱掉鞋子，叽叽喳喳地向两个老人跑去。

草地很快干净了，蓝天下依然泛着油光。

每个星期六，这些可爱的孩子们都会过来，他们要让草地变得更绿更亮。

小朋友们的脸花了，一道黑一道白的，汗水将他们的头发牢牢地粘在额头上。

爷爷奶奶呢？他们露出一口白牙，问年轻的女老师。

老师告诉他们，爷爷奶奶正忙，也许下次可以见到他们。

小朋友们笑了，叽叽喳喳地说，快点快点，在爷爷奶奶来之前，我们捡完。无邪的笑声，在空气中飘荡，再飘荡……

◀ 一块田

　　儿子建设带着媳妇到南方打工，把八岁的儿子留给了老子。

　　老子叫赵德发，今年七十岁了，年龄不大不小，身体还不错，按照孙子夸他的话说，叫作什么来着？噢，棒棒哒！

　　德发老汉也准备出去闯闯世界，儿子建设嘴撇得像碗口大，带有讽刺的口气说，爹啊，您看您老几十几了？儿子的口气尽管有些刺耳，可是德发老汉听起来心里暖暖的，儿子分明是不舍得老子再卖力气了。

　　其实，德发老汉只是心里想想，嘴里说说而已。真正让他走，他舍不得孙子，更舍不得自己的那一块田。

　　那块田是土地实行第二轮承包时分下来的，当时可以跟儿子分在一块，而德发老汉听说建设要将地包出去，他才不干的。老汉想，不务正业的东西，自己的地怎么能交给人家种呢？自古以来，地就是庄稼人的衣食父母啊，父母能随便交给别人吗？真是浑头了！

建设当不了老子的家，自己的家还是自己做主，他把自家的五亩地包了出去。

德发老汉听说了，肺都快气炸了。浑人呐，包出去也不跟老子说一声，还拿老子当老子吗？老汉想种儿子的地。

孙子放学回来，锅里没有热饭，茶瓶里没有一滴开水，猴急地问爷爷，咋回事？

德发老汉心里堵得慌，嘴里嘟囔道，问你老子去！

德发老汉一夜没睡好，脑海里都是儿子的那块地。想当初，要不是实行了家庭联产承包责任制，分到了承包地，全家人能吃得饱穿得暖？还不是冬天钻牛屋，夏天睡晒场？才过上几天的好日子，这些后生们便不知天高地厚了。一想到村里的后生们，德发老汉更来气，心里的底火越烧越旺。地里长了草，抛了荒，产那几颗粮食还不够喂鸡的。

第二天，德发老汉背着双手，气哼哼地跑到挂着一块大地田园股份公司的屋子里，见到一个戴着墨镜自称经理的小伙子。

德发老汉说，我是赵建设的老子，我要回赵建设的那块地。

小伙子正为项目发愁，他打算搞虾稻共作，水的问题还没有解决。

小伙子没好气地回答德发老汉，赵建设收了我五千块的流转费哩。

啥？五千块？德发老汉心里说，你们都疯了。可是，老汉嘴里却坚定说，我给你！

建设千里迢迢打来电话，第一句话就问，爹，你疯了吗？他还准备说第二句话儿，德发老汉就把电话挂了，他嘟囔道，我疯了，你小子才疯了哩。

德发老汉种了一季豆子，折了两千块钱。老汉想不通，今年的雨水好，地也壮，管理也及时，怎么会折本呢？

过年的时候，建设跟媳妇一道回来，德发老汉想说道说道那块地，毕竟自己赔进去两千块钱。儿子和媳妇都没个好脸色，孙子跑到他们面前，告德发的状，说老汉不好好给他做饭吃。

年过得别别扭扭，自己也瘦了一大圈，眼睛都掉进眼窝里去了。

建设回南方的第二天，德发老汉又找到那个挂着金属牌子的公司。老汉从怀里掏出一支烟递给小伙子说，赵建设的那块地还包给你吧。

小伙子这回没戴墨镜，他笑眯眯地递给德发老汉一张纸，说咱们签个合同吧。

德发老汉没犹豫，连自己的那一块田也一块签了合同。

看到合同上数字，德发老汉心里怦怦直跳，他种什么能搞到这么多的收成？

老汉故意咳嗽两声问，你们种钱吗？

小伙子笑得更灿烂了，觉得眼前这个老汉怪幽默的。他说，我们搞虾稻共作，不种钱。

老汉不明白，瞪大眼睛盯住小伙子的笑脸。

就是田里种稻，稻田里养虾。水的问题已经解决了，小伙子信心满满地告诉德发老汉。

秋天来了，稻田里一片金黄。田里的虾肥了，伸出两个大爪子，像关公的两把大刀一样威武。田边停了两辆卡车，车上装满一篓篓的虾。

再威武的虾，还能威武过人！德发老汉边背着双手走，边踏踏实实地想。

过了年，德发老汉跟建设小两口商议，他也要去南方，带着孙子去上学。

这话儿正中建设的下怀，他笑在心里，嘴里却问，您老舍得那一块田？

老汉回答说，怎么舍不得？他们比我种得好着哩。

德发老汉把那纸合同装好，跟儿子和村子里的后生们，欢欢喜喜地去了南方。

种在城里的麦子

◀ 虫　子
....

灯光从窗帘缝里投进来，在女儿脸上逗留。夜深人静，白天的嘈杂，已被宁静覆盖。

这一个星期以来，她刻意将窗帘留条缝。她觉得，有一星点的亮光闪现，她都不会害怕。

之前，他没有离开，只要睡在这张床上，她都不习惯屋里拥有一星点的亮光，那样她会失眠的。在他浅浅的鼾声中，她睡得很踏实。女儿也会很乖，偶尔翻几个身，嘴里嘟囔着白天发生的某个片段的片段。

那都是一个星期以前的事了。一个星期尽管很短，短到不能完整地眨巴一次眼，但是之于她之于女儿，却是那么漫长。

女儿并不知道，也许知道也不太懂得大人们的事情，她的爸爸妈妈在一个星期之前，在民政局宽敞的大厅里，终结了一个完整的家庭。

灯光依然固执地逗留，女儿如玻璃一般干净的肌肤，散发着玻璃一样的光泽。她由不得自己，小心捋起长发，在女儿的腮上轻轻地吻了吻。

女儿咂巴着嘴，嘟囔着，虫子！爸爸，虫子！

恍惚中，她吓了一跳，慌忙按灯，下床，转到女儿身边。宝贝，别怕，妈妈来了！她焦急地对着一屋子的灯光说。

女儿在睡梦中，或者说停留在睡梦的边缘，没睁开眼，只撅着红红的小嘴。

她看到女儿脸上的一滴水珠，随着女儿面部肌肉的晃动而摇摇欲坠。咦，哪来的水珠？她下意识地看了看房顶，洁白得近乎透明。她摸了自己的眼，湿湿的东西还在，瞬间明白了一切。在她吻女儿的时候，把自己的一滴泪流了下来，女儿以为是虫子。

女儿怕虫子，不是一般的怕，是一朝被蛇咬十年怕井绳的怕。

女儿刚学会走路不久，可把他们激动坏了，好像久旱遇到甘霖。他们把女儿弄到森林公园，偌大而平坦的广场上，可以让小家伙尽情地走两步。

他在前面，蛙跳着往后退。她紧随女儿身后，随时准备排除险情。女儿像一只小鸟一样，张开翅膀。旁边一个好事的大姐，用手机拍着他们一家三口的视频，嘴里啧啧称赞，看看，多幸福！多美满！

风吹过来一片树叶，落了女儿的脚边。女儿的注意力，立马转移了，她盯住树叶，弯腰捡起来。他们不约而同地笑起来，嘴里说，宝贝儿，真能呀。这个时候，女儿号啕大哭起来。他们吓坏了，怎么了？树叶上有个虫子，正在蠕动。

从此，女儿见到虫子就哭，甚至见到树叶，眼神都在发抖。

她伸出舌头，轻轻将眼泪舔了，眼泪里似乎还保留着她的温度。转过头，实在抑制不住，她的眼泪在飞。

怎么会这样？她觉得自己是个丢盔弃甲的失败者。

大学里，追求她的人不在少数。而她是个十分要强的人，一般的人难入她的法眼。在众多的蜜蜂中，她最终选择了他。不是因为他一米八的身高，也不是因为他是个法学硕士，而是他就是她心中那样的他。

五年前，他们走进了婚姻的殿堂。之后一年，女儿出生。在无论多么世俗的眼光里，他们都可以称之为美满幸福的一家。

争吵从一年前，一件不经意的事情开始。那一天，他回来很晚，身上沾着酒气。自从屋里多个小人儿，他很少喝酒，也很少很晚回家。

她盯着他，眼睛里压抑着怒气。他没有解释什么，一头扎进卫生间里。

在哗哗的水声里，他的手机连续滴哒了数声。她盯了一眼，屏幕上一个叫虫子的，给他发了这样几条微信：到家了吗？没事吧？睡个好觉，做个好梦吧！紧接着是三个红唇的表情。

她一夜没睡，等他的一个解释。可是，他睡了，而且香，似乎还甜，不然他怎么还呷着嘴呢？真是恬不知耻！她想。

等不来，她问，怎么回事？

他瞅了她一眼，什么怎么回事？

自己的事，自己知道！

莫名其妙!

在愈演愈烈的争吵中,虫子是她心头的痛,甚至令她的心发抖。他渐渐发现,她比自己的女儿还怕虫子,尽管此虫子非彼虫子。

第二天,她把女儿送到幼儿园,给他发一条微信:回来吧,我们好好谈谈,女儿怕虫子。她告诉过女儿,爸爸出差,很快回来。

天空中,阳光明媚得依然坚强。

◂ 提　鬼

　　我爷爷在堆垛时，从七米高的麦草上摔下来，瘸了一条腿。从此，坎坷的村路被我爷爷走得更加坎坷。

　　老队长在晒场上，对着全村的老少爷们说，鸭子是为了我们才瘸的，我们不能亏待他。其实，我爷爷不叫鸭子，他有一个好听的名字，鸭子是我爷爷刚刚得到的"封号"。乡亲们都笑了，表示对老队长态度的认可，而他们的脑海里，一定活动着一个活灵活现的鸭子。

　　我爷爷被安排"看青"，工分跟一个壮劳力一样。

　　这项工作看似轻松，但在那个贫穷的年代，责任重大。我爷爷的身影，常常出没在田间地头，即便是冬天，霜雪覆地，麦苗儿躲在雪层中，我爷爷也像巡逻的士兵一样恪尽职守。

　　到了夏秋两季，庄稼正在成熟，我爷爷寝食难安，往往顾此失彼。村里八百二十亩庄稼，高粱钻上天，玉米盖头顶，大豆和红芋尽管低矮，蹲坐下来也可藏人。白天不可怕，光天化日，谁能不顾及点面子。到了晚上，尤其是风高月黑之时，乡亲们的活动最为频繁。

忙坏了我爷爷，也累坏了我爷爷。我爷爷像鸭子一样晃动的身体，越来越吃不消这项别人看似轻松的工作。

从农历七月十五那一天开始，情况发生了改变，我爷爷可以睡一个好觉了。

事情是这样的。麻二婶在玉米地里装小解，顺便揣几个玉米棒子。这时候过来一个鬼，这个鬼白衣白帽，一蹦一跳地来到麻二婶跟前。麻二婶吓得嗷嗷叫，一只刚上脚的新鞋，丢在了玉米地里不说，裤裆里像淋了雨，呵呵，鬼都知道是什么个意思。

第二天，庄稼地里闹鬼的坏消息，从在床上筛糠的麻二婶嘴里，传到大榆树底下的饭场里，再感染到老少爷们的脑细胞里。

村子里安静极了，除了那些不知好歹的鸡鸭狗们，还在零零碎碎地叫上几声。

夜幕降临，我爷爷先睡一觉，等养足精神，再一拐一瘸地往地里走。黑夜中，我爷爷边慢慢走，边慢慢地想，这夜晚，多好啊。偶尔，他老人家还吼上几嗓子泗州戏。

有一天，我爷爷正往庄稼地的深处走。一抬头，我爷爷不由自主地哎呀呀叫一声。在我爷爷的前方，有一个白衣白帽的鬼。那个白鬼，我爷爷似曾相识，而又无比陌生，他的头发竖了起来，身上起了一层又一层的鸡皮疙瘩。

我爷爷迷迷糊糊地回到家里，把自己穿过的白色的纸衣纸帽，从床底下掏出来，认真地审视一遍，而后便病倒了。

在我爷爷病倒的那些日子里，有个胆大的杀狗的，叫砖头，趁着夜色偷偷去了庄稼地里。

砖头不信，世上真有鬼。他怀里揣一把刀，心里想，真他妈的邪乎了，鬼要是敢出来，我杀了它！

大伙儿的肚皮那时候都空，冒死的事儿，也是能干出来的，比如砖头。

正当砖头往口袋里塞玉米的时候，他一回头，看到两个白衣白帽的鬼。砖头吓得尿一裤子，杀狗的刀丢到庄稼地里。自此，砖头不再杀狗。过去，狗嗅到砖头身上的气息就夹尾巴。现在，砖头见了狗就打牙骨。

我爷爷慢慢清醒了，说什么都不相信，除了自己装鬼，还有其他人装鬼，而且装两个鬼。

在我爷爷的鼓动下，老队长组织村子里的青壮劳力，埋伏在地头的沟壕里，伺机捉鬼。

三天过去了，没有见到鬼。老队长盯着我爷爷，意思说算了吧，哪来的鬼？纯粹鬼话！

大伙儿在抱怨中准备散去，鬼真的出现了。

两个白色的鬼，从小路的两头赶来，在三岔路口会合，而后消失到玉米地里。

老队长咬紧牙关，一声令下，十几条汉子，手执棍棒，像饿狼一样扑了上去。

手电筒发出的灯光下，一对裸体的男女，蛇一样缠在一起。

男的叫赵大顺，女的叫刘春花，两个人都是村小的老师，平时住在学校里。

赵大顺被开除，离了婚，孩子见了他，唾一口。

刘春花上吊自缢，变成真正的吊死鬼。

我爷爷在临终时，哆嗦着怪罪自己犯了罪。至于他老人家犯了什么罪？多大的罪？没人去问，大家都很忙，认为他老人家说胡话，或者说说鬼话。

◀ 生日快乐

　　第一次叫他马老汉时，他呆愣了足有三分钟。叫他的人，已消失到田野里，一群麻雀，叽叽喳喳地从他头顶上掠过，同样消失到田野里。

　　他想，自己真老了吗？

　　那是十年前的事，他清楚地记得那一句老汉，和那个叫他老汉的人。

　　那个人前两天已经走了，他难过了一夜。之前的时光里，他曾经咒过人家死，难道自己是金口玉言？

　　儿子一家都去了南方，十年间也见不了几次面。除了春节，老汉才能跟他们吃一顿匆匆忙忙的饭。孙子叫虎虎，这名字起的，带劲！虎头虎脑的，连那两颗一笑就蹦出来的虎牙，也带有虎威。孙子该长高了吧？他在心里默默地想。大前年回来时，叫了他两声爷爷，他还掏了二百块压岁钱。前年，他准备了四百，可是孙子没回来。

全村的人几乎都去了南方，只留下像老汉和虎虎一样年纪的人。老汉不明白，南方就那么好？再好，脚下也不是自己的黄土。离了这黄土，你们都喝西北风去！哼！这些不孝的子孙！

不知从什么时候，他适应了老汉这个叫法。渐渐地，他在心里也称自己是老汉。不信可以问问那些麻雀，它们一定会叽叽喳喳地说，是啊是啊。

老汉并不服老，他种着将近二十亩地。自己的那份地，儿子一家人的地，还有组里那些抛荒的地。庄稼人没有地能行？祖祖辈辈从土里刨食，没有地肯定不行！一想到这个问题，他不由自主地想起那些不孝的子孙，不由自主地生气。

儿子打来电话，说爸您别累着哈。他更是气不打一处来，咋着，我累我高兴！你小子在外面给人家打工，难道说不累！不累，人家给你钱，你又不是人家的老子或小子！

孙子要上学，南方的学费贼贵。听到那一串数字，老汉都想拎着刀去杀人。可是，又能咋办呢？老话说得好，贷到地头死，谁叫你们跑到人家地盘讨饭吃呢？老汉攒足了三万块钱，存到银行里，换来一张纸。等到春节，他再交给儿子，给孙子交学费。而那个春节，儿子来电话，说忙，不回来了。

老汉想，不回来就不回来，最好永远不回来。老汉觉得自己的想法太毒了，不应该，毕竟是自己的骨血，虎毒还不食子哩，他自己给自己一巴掌。

稻米成熟了，阳光下的稻穗金光闪闪。麻雀们似乎更高兴，它们成群结队飞到稻田里，叽叽喳喳地，叫得老汉心烦。这些贪食的家伙，就不能多等几天，等收到晒场上，再吃也不晚。麻雀似乎不听老汉的话儿，它们依然到稻田里吃个痛快。

老汉从田埂上跳起来，恶狠狠地骂了一句脏话。在他落地的时候，滚到沟里，沟里没有水，地却硬，他听到咔嚓一声，疼痛从他血管里涌上来。

老汉摔断了一条腿。

儿子慌里慌张地回来，一声接一声地抱怨，哎呀，老汉，不让你干你非干，逞能是不？

老汉的眼泪从眼眶里滚出来，湿了枕头一大片。盐水瓶吊得高，针管里的水滴一滴滴往下滴，好像一颗颗饱满的稻米。

儿子潦潦草草地收了稻子，再劝老汉去南方。老汉不想听，把一个嶙峋的后背耸给他。

期间，儿子去了一趟派出所，给老汉打身份证。老汉原来有身份证，不知放到哪里了。没有身份证，买不了高铁票。从派出所出来，看到老汉崭新的身份证，儿子记住了老汉的生日。

老汉就是不吐口，你说你的，他听他的，有一个歇后语叫什么来着？徐庶进曹营———一言不发。对，就是这句。

有一天，老汉似乎睡着了。儿子在电话里大声嚷嚷，啥？后天，你的生日？你爷爷也去？儿子装作跟孙子通电话，老汉听得真切明白，龇牙咧嘴地翻了身说，我去，给孙子过生日。

老汉在高铁上睡了一觉，睁开眼，南方就到了。看到高楼林立、车水马龙的城市，老汉迷迷糊糊地问，这是啥地方？

儿子笑眯眯地回答，这是我们工作的地方呀！儿子的眼睛笑成一条线，跟小时候的神态一模一样。

老汉撇撇嘴，哼！还好意思说工作？给人家打工也叫工作！

孙子长高了，跟自己站一块，竟然高出了半头。老汉惊讶得直呵呵，呵呵，成大人了。老汉按了按腰包，腰包里有一张银行的纸，那是他给孙子准备的生日礼物。

生日宴订在灯光闪烁的酒店，儿子、媳妇、孙子，还有儿子的几个朋友都到了。老汉没有过过生日，也没有到过这么豪华的酒店。老汉的心里啊，不知道是啥滋味。

点上蜡烛，大伙儿催老汉，吹吹吹啊。老汉就吹了起来，一口气吹灭了几十根。

灯光再次闪烁起来，老汉的手伸进口袋里。

孙子嘴快，操一口普通话说，祝爷爷生日快乐！

接着，儿子、媳妇和他们的朋友们，都接二连三地祝老汉生日快乐！

老汉迷糊了，看看这个，又看看那个，怎么自己今天生日快乐了？

儿子拿出老汉的身份证，上面这样写道，姓名：马建国 性别：男 民族：汉 出生：1949 年 10 月 1 日 住址：略 公民身份号码：略。

电视直播的国庆晚会，在主持人高亢激昂的声音中正式开始了。

老汉流了泪，大伙儿都流了泪。

◀ 百草霜

　　麻婆住在村子东头。屋后面有个水塘，梅雨季节，污水汇入塘里，塘里的污水再一步步往外走，直到把麻婆的小屋变成一叶小舟。

　　而麻婆依旧没搬出来，直到死去。

　　这话儿听起来有些瘆人，其实更加瘆人的，远不止麻婆一个人。

　　麻婆嫁到村子没几年，男人就死了，死得不明不白，按照现在很文艺的话儿说，死得很传奇。男人头天好好的，干了一天的重活，吃了顿打着嗝的饱饭，第二天一大早，身体却凉了。

　　自此，村东头那个小屋里，经常传来麻婆的哭泣声。有一天，麻婆走了娘家，屋子里还有哭泣声。发现的人觉得奇怪，很好奇地说给大家，听着听着，大家的脊梁骨起了冷气。啊，怎么可能？是不是闹鬼了？

　　去麻婆的屋子里的人越来越少，尤其那些想跟麻婆斗嘴斗眼的光棍汉们。

麻婆起初撵苍蝇一样撵他们出去，没什么效果。她告诉他们，自己身上附了狐仙。直到真的像狐狸一样的哭泣声传出来，苍蝇们才算打消了念头。

村西头有一个叫热闹的孩子，三岁了，不会说话，只知道哭。大人们愁坏了，不会说话，可以当哑巴养着。可是，整天整夜的哭，谁能受得了。去镇上，到县城，医生也治不好他的病。孩子的爹逼急了，趁着乌黑的夜色，将他扔到乱坟岗里。心想，这下总算清静了，回家睡个囫囵觉。

日出三竿，等他醒来的时候，热闹却躺在他的身边，小嘴一撮一撮的，好像正在吃奶。孩子爹翻身坐起来，好像屁股底下着了火。热闹突然叫一声，爹！孩子爹吓出一头一脸的汗水，左看右看，屋子里除了从门缝里挤进来的阳光，并没有其他可以出声的东西。他确认是热闹的声音之后，突然跪下来，叫了一句老天爷啊，您老总算开了眼！然后号啕大哭，像死了亲娘亲爹。

等他哭累了，抬头看跟前站一个人，怒目圆睁的麻婆。无疑，是麻婆把热闹抱回来的。

麻婆手指头戳着孩子爹的额头说，你真不是个东西！自己的孩子能扔吗？你为啥不把自己扔了呢！

孩子娘去年跟一个说书人的私奔了，孩子爹也曾找麻婆斗嘴斗眼。这下让麻婆抓住了理，往死骂，直到两个人头顶上都冒着白烟。

热闹受到惊吓，染了风寒，上吐下泻。

一连三天，麻婆在热闹床前，口中念念有词，手舞足蹈。之后，从口袋里掏出一个纸包，让孩子爹给热闹灌药，一日三次。

麻婆给的药黑乎乎的，有一股呛人的味道。可是，一个星期过去，热闹好了，活蹦乱跳的，话儿也说得麻溜。

这个事怪不怪？

村子里的人却不说怪，说麻婆身上真有仙家。

那时生活条件差，大人孩子经常闹肚子。虽然不是什么大病，但是闹起来真厉害。大人们直不起腰，孩子们下不了坑。

麻婆给大家发药，每家按人口，十包八包不等。还别说，喝了麻婆的药，大人孩子们的病真慢慢好了。

大家觉得欠麻婆的什么？是啊，没给麻婆药钱，这个怎么可以呢？麻婆的药又不是从天上掉下来的？

麻婆笑了笑，坚决不要钱，说自己的药不值钱，大家的命才值钱！麻婆这话儿说得多么敞亮，大家从心眼里敬重麻婆。

有一件事引起了一个好事的人注意。麻婆不是医生，怎么弄来的药？好事的人调动自己灵敏的嗅觉，闻了再闻黑乎乎的药，除了呛人的味道，还是呛人的味道。这个家伙不知道出于什么目的，带上一包药，去了镇医院。

一天，一辆带着红色十字架的白车，一路乌拉乌拉鸣叫，停在了水塘边，下来四五个人，迅速把麻婆的屋子包围了。

麻婆回来时，人黑了，脸瘦了一圈，眼睛倒是显得大了，只是没有神，好像一汪春尽时塘里的水。

麻婆给大家喝的药不是药，是锅底灰。

哎呀呀，啥？锅底灰？一听说是这个，大家直呕吐，恨不得把肝花肠子都吐出来。喘口粗气之后，嘴里骂道，这个死麻婆！

麻婆分辩说，俗名锅底灰，医名百草霜。

大家再闹肚子，不再要麻婆不要钱的药，家家户户的锅底下，都有一层厚厚的，麻婆叫作百草霜的灰坊。去镇上的医院，吃了药打了针，有的好了，有的没好。没好的偷偷地吃了锅底灰，竟然慢慢好了。

一想到锅底灰，大家依然诅咒，该死的麻婆！

麻婆死在自己的小屋里。当大家闻到一股异味，跟随着一阵苍蝇进去，才发现麻婆真的已经死了。

麻婆的脸已经溃烂，好像真的长了麻子。

其实，麻婆脸上并没有麻子，只是麻婆的男人一脸的麻子，生前大家喊他麻爷。

◀ 妈妈，我看到了你的眼

宝宝五岁多了，过了下一个暑假，可以上一年级了。

可是，宝宝长不大，喜欢黏人，尤其是妈妈，

妈妈的怀里真舒坦。宝宝昂着头，扬起下巴，骄傲地对爸爸说。

爸爸逗宝宝，宝宝，爸爸的怀里更舒坦。宝宝不愿意，噘着嘴，点着爸爸的被窝说，臭爸爸！

平时，宝宝钻到妈妈怀里睡觉，妈妈想躲都躲不掉。上夜班的时候，妈妈把一张自己的照片，放到宝宝枕头跟前。宝宝觉得，妈妈始终就在身边，宝宝睡得香，还做梦，梦中，宝宝说梦话，妈妈，你的眼睛真好看。

妈妈在县医院重症室当护士。除了上白班，还要上夜班。

一连几天，宝宝都没见到妈妈，宝宝睡不好，在床上直打滚。宝宝从梦中醒来，揉着惺忪的眼睛问爸爸，妈妈呢？

爸爸告诉宝宝，妈妈上班。

宝宝觉得爸爸是个骗子，妈妈难道不下班？下班难道不回

家？妈妈有几天没回家了，宝宝掰着指头算。四天？五天？宝宝问爸爸，四天？还是五天？

爸爸没回答到底是几天。爸爸却说，宝宝，起来吧，《小猪佩奇》开始了。爸爸调了台，故意岔开宝宝的话题。

宝宝喜欢佩奇，最喜欢看动画片《小猪佩奇》。现在，宝宝更想妈妈。宝宝在床上跳起来、闹起来、哭起来，我要妈妈！

爸爸知道，妈妈上个星期去了武汉。妈妈是个优秀的护士，更是一名新加入的共产党员。医院号召驰援武汉，妈妈第一个报了名。

妈妈经常下不了班。即使妈妈下了班，妈妈也不能回家。家离武汉很远，近了也不行，妈妈需要隔离。

爸爸拗不过，告诉闹人的宝宝，妈妈去了武汉，等到抗疫胜利了，妈妈就回来了。

宝宝不知道哪里是武汉？妈妈为什么去武汉？她只要自己的妈妈。宝宝的心里，武汉不是自己的，妈妈才是自己的。

爸爸拿出手机，点开一个视频。宝宝，妈妈在这里。每天，妈妈下了班，都要跟爸爸视频通话。不巧，爸爸和妈妈视频的时候，宝宝睡着了，或者在梦中。

视频里，一个白衣白裤白帽白面罩的人，挥着手冒充妈妈。宝宝说，这个哪是妈妈？分明是个白色的怪物！

宝宝生气了，把爸爸的手机扔到地板上，发出咣当一声脆响。

爸爸再跟妈妈视频时，爸爸说，脱掉衣服，宝宝不认你这个妈妈了。妈妈回答，晚上让宝宝别睡觉，我要跟她视频，亲眼看看宝宝。

每天，爸爸也录一个宝宝的视频，发给妈妈。妈妈对着视频里的宝宝说，宝宝乖，宝宝听话。

宝宝不听话，更不会听一个怪物的话。宝宝想，怪物不好，没佩奇好。

爸爸跟宝宝说，宝宝，妈妈要跟你说话。

宝宝高兴地跳起来，嘴里欧耶欧耶地直嚷嚷。

夜深了，窗外出奇地安静，好像这个世界冷冻了起来。

宝宝伸着懒腰，打着呵欠。爸爸，妈妈怎么还不来？

爸爸告诉宝宝，宝宝别困，睡了妈妈就不来了。

宝宝点着头，嗯，宝宝不睡。

爸爸把宝宝弄醒的时候，宝宝还真睡了。爸爸说，妈妈来了。

宝宝一骨碌爬起来，一把抓过爸爸的手机，困意像只受惊的小鸟，一下子飞跑了。

视频里依然不是妈妈，宝宝叫她那个人。

妈妈的头发很长，像黑色的瀑布。那个人头发很短，几乎就是"光头强"。妈妈的脸很白净，那个人的脸上布满一道道的红紫伤痕。妈妈的鼻子很坚挺，那个人的鼻子根本不是鼻子，像一个正在烂掉的胡萝卜。

宝宝吓坏了，这不是妈妈！宝宝扔掉爸爸的手机，钻到被窝里，嘤嘤地哭。

爸爸的手机里，那个人还在喊，宝宝，宝宝，我是妈妈啊。

宝宝不信，那个人跟爸爸一样，是个大骗子。

一整天，宝宝的心情都不好。电视的声音开得很大，佩奇的声音也很大，宝宝没心情，宝宝的脑海里，只有搂着自己睡的妈妈。妈妈的怀里真舒坦！宝宝想。可是，妈妈到底在哪里啊？

宝宝不看电视，也不好好吃饭。爸爸抚摸着宝宝的额头，宝宝怎么了？是不是生病了？爸爸还说，宝宝，我们去花园小区看姥姥好不好？

宝宝不搭理爸爸，甚至不想搭理任何人。

大白天，宝宝搂着妈妈的照片，钻到自己的被窝里。

妈妈下了班，特意录制一个短视频。穿白大褂，戴护士帽，黑色瀑布一样的假发，从帽子后面泻下来。妈妈戴着白色的口罩说，宝宝，妈妈回去给你买新书包，送你到新学校上学好不好？

看着视频，宝宝安静了，颤抖的脸颊上，流下来两行湿热的泪水。

宝宝扭过头，一字一顿地对爸爸说，我看到了妈妈的大眼睛，她眼眶里开满亮晶晶的泪花。

◀ 世　俗

　　花园小区最高才六层，在 80 年代却是标志性建筑。能够入住这里，都不是一般的家庭。小城一个知名书法家，笔走龙蛇题写了门头。左看右看，人们笑意里看到的都是"花圈小区"。当然，这里面虽不是贬义，却有着调侃的成分。

　　马校长一直住在六楼。马校长是一中的一把手，掌管小城最牛学校二十一年。凑巧的是，二十一年前，马校长变成曾经的校长。随着城区像摊煎饼一样扩张，花园小区只能躲在城市的影子里。老马在新区买了房子，两层复式，庭前还有一个可以停下一辆轿车的小院子。老马却不愿意搬过去住，按照他的话说，这里有一股世俗的烟火味。老伴多次做他的思想工作，老马没动心，还跟老伴怄气。这一对当年的师生恋，到了这把年纪，为了这个事闹僵，不值得。

　　两年前，老马坐到轮椅上，再也没有起来。

　　这就难为死了老伴。老马想出去晒晒太阳，或者吸一口新鲜空气，都是一件奢侈的事。楼道没有电梯，想把老马弄出去，老伴实在无能为力。老马的脾气一天比一天坏，老伴时常躲在卫生间里哭。

阳光爱心小分队到小区做公益活动。一群穿着红马甲的帅男靓女，像快乐的小鸟一样挨家挨户地询问需求。

敲开老马家的门，老伴说出了那件令她苦恼的事。

一个嘴角刚长胡子的小伙子说，老奶奶，这个事不是事，每周我来一次，背老爷爷下楼。

小伙子叫张小龙，正在一中读高一。张小龙还说，老爷爷是他们心中的偶像，他爸爸妈妈都是一中毕业的。老伴问张小龙，你爸爸妈妈叫什么名字？张小龙说了，老伴却怎么都回忆不出来。也难怪，时间过去这么久了，谁也不是机器人。

每个周末，张小龙都如期来到老马家，背老马下楼，一个小时后，再把老马背上楼。老伴推着老马，尽情享受着久违的空气和阳光。门前有一个老旧的公园，当初老伴喜欢到那里读书。老伴把老马推到公园去，老马却不怎么高兴，他想到老一中校园里转一转。可是，一中的主校区也已经搬到新区，规模相当大。老校区只有初中一年级六个班，大门口安装了门禁系统，出入要出示证件。老马自然进不去，老伴指着矮下去的老马，告诉把门的两个小伙子，这个是你们的马校长。小伙子毛手毛脚，晃着身体地说，我们校长姓牛，不姓马。哎呀，世风日下，老马和老伴感叹道。

一个小时的时间真快，来不及眨一下眼就过去了。老伴只有把老马推回去，张小龙还在楼下等着呢，难得他小小年纪，就有这份爱心，不能无端耽误人家的时间。鲁迅先生曾经说过，耽误别人的时间，如同图财害命。这点道理，老马跟老伴都比常人懂。

周末，天空湛蓝得像颜色冲洗了似的。老伴准备了药片、水果、白开水和照相机。张小龙来电话，奶奶，今天不过去了，爸爸出差了，妈妈生病了，他要在家照顾妈妈。老伴在电话里，连说好好好，祝你妈妈早日康复。

中午，老马没吃饭，说没胃口。老伴倚在沙发上看电视，电视里唱着老人家喜欢听的京剧，她却睡着了。

有一天，老马的心脏病犯了，老伴往老马嘴里塞了几粒速效救心丸，拨打了120电话。

张小龙来到老马家，邻居告诉他老人家住院了，买一束鲜花，匆匆忙忙赶到医院。

老马和老伴感激得不得了，夸张小龙真是个好孩子。两个老人为一中能有这样的好学生，感到无比欣慰与自豪。

老马的手机忘在了家里，老伴把自家的钥匙交给了张小龙，让他帮忙带过来。

星期二，张小龙正在上课，两个警察过来，把他带走了。

有人报案，说张小龙入室偷了老马家的东西。

一查，老马家没丢任何东西，甚至连室内的老人气息也没丢。

报案人叫马李兰，电话来自大洋彼岸。

马李兰是老马的女儿，跟老马的前妻定居在美国。她什么时候在老马家装了远程监控？老马和老伴还真不知道。

张小龙从此没有来。

老马的病更重了。不久，老马走了。

老伴搬到新区，这套老房子低价处理了。

◀ 鸡 蛋

咱们还有鸡蛋吗？彭雪枫风一样刮进屋里，冲着勤务员小马说。

小马正在忙，没想到师长已经到了跟前，满脸恣意的汗水，像从河里刚上来似的。

刚下过一场暴雨，太阳却明晃晃地挂在南面，天上像下了火。

部队从商丘撤下来时，一个老乡送过来十个鸡蛋，师长说什么也不要，老乡说什么也不干。僵持中，小马把自己的一双鞋留下来，才算平息了一场不算争吵的争吵。回到驻地，师长把自己的一双鞋送给了小马。小马挠着头红着脸说，大，不能穿。师长告诉他，你还在长个子，留着明年穿吧。

师长火气大，上下嘴唇都起了一层皮。鸡蛋打在碗里，蛋清和蛋黄搅碎，生喝下去，可以消热祛火。师长喝了八个，小马打算部队转移之前，再让师长将剩下的两个喝下去。下一场的战斗将更加惨烈。

小马刚想回答，还剩下两个，却多了一个心眼，他用怀疑的目光问师长，干啥用?

师长命令道，拿着，跟我上炊事班一趟。之后，出了屋，头也不回地融化在炽热的阳光里。

小马心里明白，师长在打鸡蛋的主意，他在师长的身后，将手里的两个鸡蛋，悄悄塞到口袋里一个。

一口大铁锅，立在一个凉棚下，水在锅里沸腾着，锅边码着一筐红芋叶子。玉米才挂须，红芋也在长个，这个午饭，战士们只能用红芋叶子充饥了。

师长凑到炊事员跟前，压低声音说，把两个鸡蛋煮了，那个受伤的小战士只想吃一口鸡蛋。

小战士蒙城人，在商丘之战中负了重伤，看情况活不了几天了。

炊事员两腿并立，抬手敬个军礼，响亮地回答，是！首长。

大铁锅里的沸水，在咕嘟咕嘟地冒着热气。

小马噘着嘴，慢慢递给炊事员一个鸡蛋。

彭雪枫盯住小马，眼睛里似乎要喷出来两条火蛇，声色俱厉地问道：还有一个鸡蛋呢?

小马从口袋里掏出来，蹲在地上哭了。

彭雪枫师长笑了。好你个小鬼，打马虎眼啊。说着，转身离开了凉棚。

小马边哭泣边诉说，两个鸡蛋是给师长留的。

炊事员的眼睛也红红的，好像灶膛里的火苗灶膛他的眼睛里。

水太开，鸡蛋煮爆了，张着嘴，一溜溜蛋白露出来，将一锅红芋叶汤染鲜了。

炊事员把鸡蛋端到彭雪枫面前，好像犯了错误，他哭丧着脸，等待着首长的批评。

彭雪枫脸庞阴沉着，告诉炊事员，千万不要告诉小战士鸡蛋的来历，让他安心吃下这两个鸡蛋。

炊事员退出屋子，把蛋壳小心地剥下来，再将那一溜溜的蛋白剔除干净，还原了它们椭圆的模样。

当天晚上，小战士牺牲了。

安葬小战士时，战友们发现，小战士两眼半闭着，嘴角溢出不经意的笑意。两片失血过多的脸蛋，白白的，好像剥了壳的鸡蛋。

部队奉命东进，准备在涡河中下游一带，对鬼子发起秋季攻击。

彭雪枫要求战士们，必须在秋收之前，给鬼子致命一击。一来挫伤鬼子的嚣张气焰；二来保护老百姓的粮食能够顺利颗粒归仓。

小马掉了队。

这可不是一件小事。勤务员怎么可以掉队呢？他应该伴随首长左右，时刻保护首长啊。部队只有停下前进的步伐，兵分三路去找。玉米稞、红芋地、水塘、瓜棚、羊肠小道，该找的地方都找了，就是见不到小马的影子。

彭雪枫急火攻心，嘴唇上起了一层燎泡。但他相信，小马不会当逃兵，也绝不会叛变。

月光照到小路上，露水湿透了战士们的鞋子。一些不知名的秋虫，在夜色里弹奏着田野大合唱。

小马抄小道赶上部队，彭雪枫命令把他捆起来。

小马边挣脱，边护住胸口，焦急地说，别弄坏鸡蛋。

原来，小马偷偷跑到老乡家，用师长送给他的那双鞋，换来了十个鸡蛋。老乡凑不够数，一只鸡正在窝里下蛋，小马足足等了一个时辰，延误了归队。

挣扎中，小马怀中的鸡蛋挤碎了两个，小马蹲下来，嘤嘤的哭泣声在夜风中游走。

彭雪枫眼中的月光如银，他大手一挥，命令道：出发！

◀ 白白的云朵

车子进入高速，拐过匝道，刘春花恨不得把脚踩到油缸里。白色的宝马像一只逃命的猫一样，箭一样射向远方。

东方刚刚露出鱼肚皮一样的白。

半个小时前，刘春花还在睡梦中，电话火烧屁股似的响起来。刘春花睁开惺忪的睡眼，嘴里吐出一句脏话，瞟眼看到屏幕上闪跳的两个字：宝宝。她慌忙坐起来，抓起正在歌唱的手机，连声问，宝宝，怎么了？宝宝！

宝宝是刘春花的女儿，现在六百公里之外的一个美丽校园里读大一。自从那个负心的汉子离家出走，宝宝便是她在这个世界上，唯一的最最亲的人儿。

宝宝在电话只说一句简语：疼……紧跟着一串嗞嗞的吸气声。

宝宝，宝宝，哪儿疼？到底怎么了？刘春花迫不及待的样子，像极了一个疯子，或者说一个正在疯了的疯子。

手机始终是通的，但是宝宝没有说话，电流中连嗞嗞的吸气声，瞬间也消失得无影无踪。

就是这样。

刘春花来不及洗脸、梳头、扑粉、抹口红，这些日常中的一个个慢动作，统统归于零。下楼的时候，她来不及按电梯按钮，顺着楼道跑下去，应急灯光纷纷亮起来，照亮她脚下的路。要不是手及时扶着墙，她还是差一点儿摔倒。白色的宝马车，像那只纯白的布偶猫一样，静静地躺在车位上，向着那一团白影，她几乎是扑了过去。

说是这样。

太阳出来了，没有记忆中的那样艳红。天很蓝，一朵白云出现在笔直的路面前方。

表盘显示的时速为一百七迈，电子狗不厌其烦地唠叨，您已超速，请减速慢行。

可是，刘春花似乎听不到这样，即便听到，她也会像听不到一样。路上的车辆不多，又给她找到听不进去良言的借口。

白云一直在前方，一直跟刘春花保持着相对固定的距离。有那么一会儿，刘春花想，我不相信追不到你！就是这个你字，她脑海里浮出一个人。

不过，她一直没有追到那个叫白云的男人。

论相貌，论文凭，论家庭，论财富……无论论什么，她都是可以的，可以到被无数人羡慕嫉妒乃至恨。而她信心满满的希望，犹如一个五彩的肥皂泡，被风轻轻一吹，便灰飞烟灭了。她从梦中挣扎出来，投进了宝宝爸的怀抱。无数人仿佛梦醒了，哎呀，她就这个水平，没劲。似乎，她看到了他们愤愤然，纷纷拂袖而去的样子。

事实证明，她真没劲，不是一般的没劲，而是万分没劲。三年前，宝宝爸出轨了，带走一个比她小十二岁的苏州女子，把宝宝和一大堆财富抛弃给了她。

就是这样。

这些糟事，突然闯进脑袋里，让她无比气愤。一股尿意袭来，越来越强烈，大有漫过堤坝的风险。

她提脚减速，滑到服务区。奇怪的是，那朵一直较劲的白云，也停下了脚步，在她头顶上驻足观望。刘春花骂了一句：妈的！猫着腰，钻进卫生间。

宝宝的电话打进来，她正准备驶离服务区。那朵白云，也开始在她前方晃动。

妈，没事了。宝宝的语气轻描淡写，我身上来了，痛经。好了，没事了，妈。

刘春花的上半身匍匐到方向盘上，双肩开始抖动。随着哭声渐次响起，整个身体像地震中的山峰一样，山崩地裂地抖动。

天还是那个天，没有塌下来。

就是这样。

刘春花调转方向，向出逃的那个城市驶去。

奇怪的是，那朵该死的白云，竟然也调转了方向，在她前方没有由头地奔跑。

那个也叫宝宝的布偶猫，此时正需要一把喷香的猫粮。假如过了饭点，它会着急的。着急的它，依然会犯错误，那套刚换的价值五万多块的皮沙发，可能还要再换一换。

车速越来越快，电子狗焦急地叫起来，她听着烦，索性关掉了。

前方大约十公里处，一个闪烁着警灯的警车，正在等着她。也许，还有一副手铐。

就是这样。

◀ 渔　事

················

　　茨河和茨淮新河，像两条渴望入海的蛟龙，一路闹腾着东去。到了那年乡下这块洼地，清粼粼的河水弄得满地皆是，哎呀，一片片的河水接天连日，分不清天边在哪儿，地角在哪儿。

　　广元老汉噙一管老烟管，露出缺了两颗门牙的黑嘴巴说，这是个蛤蟆尿尿都发水的地方。他老人家并不知道，这景象都是那两个调皮的家伙闯的祸。

　　正是黑鱼繁殖的季节。

　　什么是黑鱼？广元老汉吐一口浓烟，在空气中打着旋。黑色的鱼呗，我们这里叫"火头"。这话说得贴切，黑鱼不仅通体色黑，而且火气大，属于淡水中的猛鱼。

　　浅浅的水域里，阳光照射下，水温渐渐升高，水面浮起一层黑色，像不经意间撒下的墨汁，慢慢地洇润着。可是不是，洇润下去的墨汁，迷漫开来是升不上来的。

　　广元老汉不用多看，便知道那一层黑色的下面，或者不远的草丛里，隐藏着大家伙。不是墨汁的一层黑色是一群小黑鱼秧，大家伙便是领秧的黑鱼了。领秧的黑鱼护秧，跟大人呵护着自己的小孩一个样。

广元老汉是个逮黑鱼的高手，从小就是。

小时穷，地里打的粮食，填不饱肚皮。蛤蟆再尿尿，庄稼没到收割的时候，便烂在地里，直接变成继续肥田的泥。

好在有这一大片水域，水多且鱼肥。

广元把娘纳鞋的针在火上烤，弯成钩，穿上线，拴在柳树条上，侦察兵一样逡巡在水岸边。当然，还需要几根马鬃系在弯钩上。难不倒聪明的广元，他装作给吃草的小马驹挠痒痒，乘其不备，快速地拔掉几根。有那么一次，广元的脑袋被激怒的小马驹踢了一蹄子，起了个不大不小的包。之后上了学的广元成绩差，不开窍，大伙儿都笑话他，脑袋被驴踢了。其实不是驴，是马。大伙儿更是笑声不绝，真笨！马跟驴是一家啊。广元挠着头皮，细想想，也是。

广元上学笨，逮黑鱼可不笨。

他把系着马鬃的弯钩，甩到小黑鱼秧群里。可不得了了，小黑鱼受到惊吓，四处逃窜。领秧的大家伙不好惹，性子烈，脾气暴，哪里可以容忍孩子们受气，便张开大嘴，死死地咬住钩。

正中了广元的奸计。

广元家有鱼吃，肚皮不空。

直到现在，广元老汉依然记住那段恩情，没有这片水，估计要饿死人。

缺吃少穿的年代，早已尘封到岁月深处。大伙儿的嘴巴却越来越叼，或者说越来越馋。黑鱼这道菜，煎、蒸、烧、炸，花样迭出，美味可口。

广元老汉捕获的黑鱼，不是一般的枪手，而是十分乃至万分的枪手。往往不要到家，半路上就被人买走。有那么几次，广元记不清楚了，一个装作很熟悉的陌生人，跟在他的后面，他走哪儿，他跟哪儿，把老汉吓了一跳，这个人是干什么的？等鱼上了钓，那人的手伸过来，递过来两张红红的票子，师傅，这个卖给我吧。广元老汉挠了挠头，把一脸的不好意思挠出来，啥时候自己当师傅了。

广元老汉的侄子在南方挣鼓了腰包，返乡创业，包了个大鱼塘。春天把白花花的鱼苗放下去，本打算到秋后再挣一大把，没想到却亏了本。广元告诉他，鱼苗打小就被黑鱼给吃了。侄子想不明白，叔，这黑鱼这么厉害。广元白了他一眼，那是当然，塘没清，黑鱼沉了底，在泥里可以活百天哩。

侄子惊出了一身冷汗，心里说，妈啊。无奈之下，他让广元逮黑鱼，逮住鱼算自己的，每一条还奖励二十块钱。

广元老汉拿出看家的本领，不分时令地逮黑鱼。

疏于看管小孙子，落了水，等到发现的时候，已经漂到草丛里。

老伴哭着抱怨广元，都是你逮鱼造的孽。

老汉想不明白，跟自己逮鱼有什么关系？依然我行我素。

一天，一个老板模样的人，跟广元老汉签订了协议，全部回收老汉捕获的黑鱼。

广元老汉发现自家的存款越来越少，问老伴，老伴支支吾吾地。

老伴信了佛。

信了佛的老伴放生成瘾，雇人收购了广元老汉捕获的鱼，之后悄悄放生。那个老板，就是老伴的雇员。

广元老汉现在不再逮鱼了，他叼一管老烟枪，在刚建成的农业示范园区，像笨鸟一样溜达。

◀ 租　地

　　三爷驼着背，像背一袋米一样来到热闹的院子里。阳光正旺，热闹的三层小楼熠熠生辉，晃得三爷眼疼。

　　热闹卧在躺椅里，往嘴里送一杯刚泡好的龙井茶，见三爷过来，慌忙站起来，一只脚踏空，茶洒了一胸襟。

　　三爷当民办教师的时候，代过热闹三年的语文课。热闹脑子不在书本上，一首上好的唐诗，被他弄得鸡零狗碎，三爷没少用书背敲响他的头。

　　热闹用一只肥胖的手捂着头顶，已经稀疏下来的头发，很听话的样子往后跑。三爷，哪阵风把您老吹来了？热闹想，应该提前给三爷拜个年，这事儿倒了过来，热闹不是一般地难为情。

　　三爷冲热闹递过来的一支中华烟摆了摆手。热闹啊，三爷今天给你商量个事。

　　热闹的手并没有立即缩回来，腰身却低下来，嘴里说，您安排，领导。平时在商场上摸爬滚打，热闹的语言与动作，一时半时改不过来。

三爷被阳光晒暖的脸色慢慢淡下来，他用手指着东南的方向说，我想租你那块地种庄稼。

这些年，村子里的土地，像诱人的大饼一样，一块块被轰轰隆隆的机器吃掉了。挺着大肚子的高楼大厦，睁眼闭眼之间，就来到跟前。热闹的那块地方，在村子的边缘，长满了野草，冬天也是一片季节黄。

热闹悄悄收起了笑容，又用另一只肥胖的手捋了捋头发。他想不明白，眼前的这个老头是不是疯了。

三爷退休了，一个月几千块，手头不缺那几个小钱，怎么想着种庄稼？现在村子里的人谁还在家种庄稼，都跑城市里淘金去了。

三爷见热闹犹豫，伸出一巴掌在空气中晃了晃说，人家出多少我出多少。

在回来过年的路上，支书给热闹打电话，有一个建筑公司想租他的那块荒地当料场，每亩五百块。热闹想，反正荒着也是荒着，一支烟的工夫答应了。三爷要租地，八成跟这个事有关。

热闹靠近三爷悄声问，光明哥知道这个事？

马光明是三爷的大儿子，在市里当个很有实权的官。马光明接三爷到市里享清福，三爷说什么都不干。三爷看不惯马光明，告诉他别拽得很，当心爬得高摔得响。

一提到马光明，三爷就来气，关他屁事！

热闹跟马光明是光着屁股玩大的好伙伴，他不能薄了三爷的面子，三爷的面子，就是马光明的面子。热闹一双肥胖的手，落在了三爷的背上，并轻轻地捶打着。好，三爷，就这么定了。

开春，三爷在地里种上玉米，玉米苗儿在风中一天一个样。三爷拍了一段视频，配上殷秀梅的成名曲《希望的田野》，发到了村子里的家园群。这些年，群员们都像候鸟一样飞来飞去，大数据时代，微信却像一棵茂密的大树，总能让他们一个个瞬间飞回来。三爷收获了多少个点赞，自己也搞不清。

快收获的时候，下了雨，连着下，老天爷没让收，玉米烂在地里。

三爷生了病，病得不轻，喘气像拉风箱。

三爷被马光明接到市里看病，一待就是三个月。

玉米秸秆沤成了肥，草长得旺，远远望去，一片金黄。两只小黑狗，在草丛中打闹，一个不让一个，似乎一对淘气的孩子。三爷浑浊的眼睛里，被两团跳动的黑色，擦拭得越来越亮。

三爷想，明年种草，养几只山羊，再抱一只狗，最好是公狗，叫得欢跑得欢的那种。

热闹回来过年，三爷送过去一千块钱，算是来年的地租。

热闹收了钱，问三爷，来年还种啥？

三爷说，草，种草。

热闹笑了笑，自言自语地说，种啥都行，三爷高兴就好。

挖掘机已经开到地边上，随时准备举起手臂，向草地抓去。

临走，热闹将一件棉袄披在三爷身上，过年了，晚辈的一点心意。

三爷客气了一番，便穿到了身上。新的，不一样，暖和。

三爷穿了新袄，人见人夸，说三爷年轻了十来岁。

一个小媳妇问三爷，多少钱买的？赶明儿给公公也买一件。三爷摇了摇头，意思不知道。小媳妇用手机扫了一下二维码，显示金额两千块。

三爷倒吸了一口凉气，心里说，我的乖乖哎。回头往热闹家走去，脚下像没了根。

◀ 有事儿

天刚麻麻亮，老太太就将老伴儿推醒：快起来，别睡了，今天有事儿。

老伴儿还在睡梦中，一缕黏稠的丝线从他的嘴角扯下来，在灰色的枕布上缠绵。老伴儿鼻孔里哼哼着，算是答应，也算是不答应。

老太太下了床，嘴里埋怨着：真是的，头天说好的不睡懒觉，怎么说话不算话！一会儿，卫生间响起哗啦哗啦的流水声。

老伴儿坐起来，伸个懒腰，窗外不知几只不知名的小鸟，叽叽喳喳地鸣叫，老伴儿突然清醒了，心想，今天有事儿。

公交车吭吭哧哧地在老两口跟前停了下来，响亮地放了一个屁，一股刺鼻的汽油味儿在空气中弥漫。好在车上的人不多，老两口稳稳当当地坐下来。老伴儿想，难得一个周日，谁愿意一大早出来啊。想着想着，竟然打了一个哈欠。老太太说，睡死鬼托生的。老伴儿从眯成一条缝的眼睛里，看到了老太太鄙夷的神色，不由得在心里笑了笑。

到了菜市场，人真不少。南来的，北往的，东进的，西出的，压抑而嘈杂的脚步声，把注定繁忙的一天提前带到了烟火里。

老伴儿年轻时，左腿受过伤，平时跑菜市场的活儿，几乎都让老太太包了。偶尔，老伴儿情愿跟着凑个热闹，老太太嫌他磨叨，干脆不带他来。今天却不一样，真的有事儿，老太太还得让老伴儿做主，可不是吗？俗话说得好，男人是家里的顶梁柱嘛。

老太太拽住老伴儿的一只胳膊，在前面催促着：老头子，你能不能再快点儿啊！

老伴儿喘着气，一滴汗珠儿从帽檐下流下来，在鬓角上摇摇欲坠。老伴儿回答：好吧好吧。可是左脚迈不动，好像绑了一块大石头。

到了摊位前，果真排了长长的队。老两口刚放下的心，又提到嗓子眼上。老太太排在队伍的尾巴里，冲着摊主喊：老板啊，给我们留五斤。老板正忙，头也顾不得抬，回答道：有的。

老太太的腿触碰着老伴儿的腿，焦急地说，什么有的，一筐虾眼看就要见底了。老太太并不知道，老板的身后，一筐又一筐虾摞一人多高哩。

儿子昨天打来电话，孙子明天出差路过老家，他们让孙子陪二老吃个午饭。

老两口高兴得不得了，围着小区的草坪转了一圈又一圈。老太太折身对落在后面的老伴儿说，这回你高兴了吧，孙子终于要回来了。

多少年没见到过孙子了，老两口算得特别清楚，三年六个月零二十八天。孙子读研，参加工作，时间紧得跟上螺丝似的。老两口再怎么想，也没有办法，孙子是个上进的孩子，竞争压力不小，尤其是在大城市。当初，老两口曾经撺掇孙子回县城工作，儿子的头比孙子摇得还厉害。

孙子这次能回来，陪二老吃个饭，老两口能不兴奋吗！

老两口商量过来商量过去，在准备什么样的菜品上争得面红耳赤。最后达成一致，孙子爱吃红烧小龙虾。老伴儿翻着手机说，有图有真相。老伴儿的手机相册里，储存着一张孙子十年前的照片，照片上的孙子，正在剥开一只通体红红的小龙虾，汤汁溅了他一头一脸。孙子那个皮性和馋相，让老两口不知从梦中笑醒了多少回。

虾是活蹦乱跳的活虾，在水池子里张牙舞爪地挥舞着大钳子。老太太可不怕它们，她左手套着皮手套，右手握着大剪刀，心里想，哼！早晚把你们这些调皮的小家伙，变成孙子肚子里的蛔虫。

时间迈着大步，在墙上滴滴答答地走着，厨房里飘出小龙虾的香味。

老伴儿坐在阳台上，手里握着手机，温暖的阳光沐浴在身上，瞌睡虫时不时爬过来骚扰他，他打个盹，而只是打个盹，他知道不能睡，孙子也许马上就要到了。

老太太从厨房的水雾中伸出头，问了一遍又一遍，孙子到了吗？

老伴儿每一次的回答都瓮声瓮气的，没有。

锅里的小龙虾凉了热，热了又凉。老太太心想，再回火，就变味儿了。

老伴儿的手机终于焦急地叫起来。儿子在那头焦急地说，高铁晚点了，孙子绕道走了。

老伴儿的上嘴唇和下嘴唇一起哆嗦，手机滚到脚下的杂物堆里，整个身体也从椅子上倒下来。

老太太惊叫一声：老头子，你可别有啥事儿啊！

◀ 会唱歌的猪

　　村支书张大个子哈哈笑了两声，再干咳一声，对在大榆树底下乘凉的乡亲们说，这是县科协下来的白同志。侧身过来却不见人，阳光哗啦哗啦地泼下来。从张大个子的背影里，一个戴着眼镜的小个子拱起双手，叫我白小白。

　　乡亲们笑成一团，哈哈，哈哈，这个人除了躲在张大个的背影里看不见，还真是一身白，白的脸，泛起白的半截手臂，黑色的凉鞋里，套一双白袜子。

　　张大个子也笑弯了腰，喘口气，接着说，白小白同志是县里派来的科技员，来帮助我们双北村致富的。

　　白小白在村里转悠了两天，回头指着南边那块空闲地，跟张大个子说，张书记，把那个养猪场再办起来。

　　张大个子正在刷牙，一口白沫喷出两丈远。他瞪大眼睛说，亏你想得出来！

　　养猪场是村办企业，三年下来，亏得血本无归，乡亲们还吃尽了苦头，一年四季闻着臭气，肝肺肠子差点都吐了出来。环保下来督查，几张盖着红印的白纸条给封了。看看吧，现在这个样子，谁能把它救活，我这个张字倒着写！张大个子气愤地说。

两个人的目光里，昔日的养猪场残垣断瓦，几棵高大的白杨树在风中摇曳，似乎也在唉声叹气。

白小白舒展开紧锁的眉头，把双手掐在腰杆上说，我有办法，但有个条件，你必须听我的。

张大个子盯住眼前这个小个子，好像在看一个怪物。心里说，白小白同志，我凭什么要听你的？

从县城回来，白小白跟张大个子说，有个大老板，看中了我们双北村的土地，他准备把它们全部包起来。白小白的一只胳膊从东经过南，一直点到西。他这一点不要紧，把整个村子的土地都点了进去。

张大个子来了精神，往前挪了身子，差点把白小白挤到墙角上。好事啊，一亩地给咱们多少钱？

白小白伸出一个巴掌，在张大个子面前一正一反，回答说，一千块。

什么？真的？张大个子不敢相信。村子里的年轻人，大多进城打工了，累死累活，一亩地说啥也赚不到一千块。

白小白说，你负责征地签合同，我负责给乡亲们兑现土地流转款，咋样？

张大个子想，还能咋样，上哪儿找这样的好事去，简直天上掉馅饼啊。

流转款提前兑现，土地很快到位。秋后的田野里，白小白指挥着两台播种机，轰轰隆隆地种上了冬小麦。

张大个子的下巴，差点笑掉了，哈哈，白小白啊，该不是个白痴的白吧，祖祖辈辈都是这样种的地，你能搞出什么花样来。

麦苗儿从黑土里钻出来，养猪场也粉饰一新。

张大个子跑到白小白跟前，气哼哼地说，白小白，你还想养猪？问没问乡亲们答不答应？

白小白笑了笑，露出一口整齐的白牙。张书记同志，你把心放在肚子里，臭到乡亲们，我白小白负全责！

白小白实行科学养猪，走的是环保路线。猪宝宝们吃饱了睡，睡饱了吃，一天一个样。猪屎猪尿经过过滤加工，全部还田，土地里培育的是良种，不用一丁点儿化肥农药。

张大个子在村子的东南西北转了一大圈，大大的鼻头在空气中抽了再抽，进入肺管的除了庄稼和泥土的气息，还有河塘里淡淡的水草味儿，就是没有骚臭味儿。

张大个子一双大手拍到白小白的肩头，白小白同志，我算服了你了，走走走，到我家喝两盅。

白小白费了吃奶的劲儿，才算挣脱张大个子的手，张书记，我正忙着哩。

张大个子的眼睛里，一嘟噜一嘟噜的小风车，把养猪场像一头巨大的猪一样捆绑了起来。咦，你这是干什么？

白小白不回答，笑了再笑，笑意里藏着诡秘。

夜风吹来，张大个子的耳朵里，响起了动听的音乐。仔细分辨，又不像有旋律的音乐。是什么呀？张大个子拍了拍自己的大脑门，突然想起来了，这不是白小白挂的风车嘛！

第二天，白小白告诉他，就是风车的声音。听着风车的声音，猪宝宝们睡得香，你说是不是？

可不是吗？张大个子想，不光是猪，在这个音乐里，人也睡得很香啊！

◀ 大 考

明天。对，就是明天。儿子高考。

她坐在客厅里，盯着黑色的电视屏幕发呆。此时，正是热播剧《都很好》的黄金档，她脑袋里偶尔闪现女主角，跟男主角怎么样了？可是，她不能打开电视机。她摇了摇脑袋，极力把一些杂念摇出去。明天，儿子就要高考了。

儿子的房门紧闭，从门脚的缝隙里，透出来一线光亮，被门板刀子一样切割。

她抬起脚，模仿电视里的慢动作，悄悄来到儿子的门前，举起弯曲的食指，停留在空气中，还是选择放到胯下。儿子房间里，有细微的响动，好像还有流行歌曲的声音。都火烧眉毛了，还有心思听音乐？她愤愤地想。愤愤又怎样？她不敢说，也不能说。

昨天。对，就是昨天。在饭桌上，她问儿子一句，准备得怎么样了？儿子摔了筷子，瞪了眼，你烦不烦！泪水在眼眶里打转转，终究没在儿子的面前掉下来。回到房间，蒙了被子，哭得稀里哗啦。

　　儿子的情绪直接影响高考，乃至他的一生。这个时候，给儿子添堵，无疑就是给他设坎，更是给自己挖坑，她不能，绝不能！

　　想当年，自己中考的时候，本来可以考个好学校，就是因为父母晚上吵了一架，她一夜没睡好，考场上发挥失常，只考上地区的一所卫校，距离自己的理想，悬差了一大截。工作整天跟病人打交道，忙倒不怕，往往受窝囊气，跟谁说去？前几年，父母相继走了，连个发牢骚的对象都没有。

　　躲在床上，翻来覆去睡不着，往事和现实像两个影子纠缠着她，跟她唠叨，跟她抱怨，跟她发怒。半夜，她去卫生间，儿子房间的灯光还亮着。她吓了一跳，该不是睡着了忘了关吧，这孩子一向粗心大意。她走到门口，下意识地咳嗽一声，儿子突然大声说，知道了！她又吓了一跳，慌忙跑到自己屋里，轻轻把门关上，好像自己犯了错。

　　迷迷糊糊睡了一会儿，一只小鸟在窗外叫得欢，把她吵醒了。天光大亮，从玻璃幕墙上折射过来的阳光，直刺到床前。她在心里哎呀呀叫了一声，不好！抓起手机，屏幕上显示六点半，她长长舒了一口气。

　　今天的洗漱和美容程序全免了，她在心里劝自己。搁往常，仅这一项，要耗费半个小时以上。儿子还没醒，此时一丁点儿的动静都不能有。

　　掩上房门，她在自己房间里踱着步，三步两步就瞅一下手机，时间在手机上迈着大步，一步也没有停下来的意思。

从晨练的队伍中穿过，她手中拎着儿子喜欢吃的早点、灌汤包、鸡汁豆腐脑、胖油条。进门的时候，儿子正在刷牙，她悬着的一颗心，轻轻落下。

她告诉儿子，该带齐的要带齐，准考证、二笔铅笔、文具、手表……前天，她专门跑到超市，买了一块电子表。儿子没吭声，她又说一遍。不是常说，重要的事说三遍嘛。儿子不耐烦，拿眼光告诉她，都在哪儿。茶几上有个文件袋，她说的都装在里面。第三遍跑到她的喉咙里，又咽回去。

儿子没吃早餐，说没胃口，不想吃。这是啥话？都是他平时最好的那一口，怎么能没胃口呢？

目送儿子像一条鱼一样，游进高考的队伍，涌进决口一样的人流。她扶住身旁的一棵香樟树，啪嗒啪嗒地掉眼泪，泪珠儿砸在树根处的蚂蚁窝里，蚂蚁们像躲天灾一样四处逃窜。她突然觉得自己不应该，蚂蚁们都是无辜的。

等待结果的日子，像梅雨季节一样漫长。

录取通知书终于下来了，正是儿子想上的那所学校。

她兴奋得不得了，跑到顶楼上高歌一曲。一曲未尽，却招来了一队警察和一大圈拍照的人群，她慌忙老鼠一样钻进屋里。

编了一条短信，想告诉他，儿子考上了。可是，又怎么样呢？人家又是有家有室的人。这么一想，她按了删除键。

儿子的一群同学叽叽喳喳，邀他出去玩。临出门，儿子回头说，妈，您也出去走走吧，外面的空气好。同学们跟着附和，阿姨，美好风光，不可辜负！

她笑了笑，过去的时光，曾经跟他们一样美好。

她决心出去走一走。

去哪儿呢？她还真不知道，这个要翻一翻微信。手机呢？她拍了拍口袋，口袋里空空荡荡。

◀ 樱桃红了

院子里生长着一棵茂盛的樱桃树。我出生时，父亲亲手种下的。父亲一手拄着锹把，一手抹着脸上的汗珠儿说，给小树留个纪念吧。

父亲给我起的小名叫小树。随着父亲从我们的生活里消失，母亲毅然将我的小名给改了。母亲愤怒地说，叫什么不好，非要叫小树！

给樱桃小树浇过两遍水，父亲就去了新疆。父亲跟母亲曾经夸下海口，等这一批马贩回来，咱们的草屋就换成瓦房了。

父亲一走就是十年，小树已长成了大树。

我问母亲，父亲去哪儿？母亲只简单回答了两个字：死了！我依稀记得，母亲的那两个字，是从她咬紧的牙缝里挤出来的。

父亲当然没有死。他回来时，一树的樱桃红得耀眼，招来一群群麻雀来来往往。我轰走一群麻雀，又飞来一群麻雀。父亲一脚跨进院门，我手里拎着半截砖头，正准备恶狠狠地向麻雀逃走的方向射击。父亲突然喊了一声，小树。

我愣在原地，涨红着脸蛋盯着这个蓬头垢面的陌生人。父亲再喊一声，我的小树啊。见我依然没有反应，他双手捂着脸，嘤嘤地哭起来。我手里的砖头落在硬地上，发出响亮的撞击声。

父亲是个失败的商人，他贩的马病死在路上，以至于无颜见江东父老，在外面流浪漂泊了十年。

母亲不信他的鬼话，她将一根手指变成一把利剑，直挺挺地戳到父亲额头上，嘴里喷着吐沫吼道，啊呸，找野鸡就是找野鸡，何必说得那么好听！

父亲没有反驳，双手抱着自己的大脑袋，任凭母亲将他的额头戳出血迹来。母亲的利剑经常出鞘，直到父亲剩下最后一口气，她才算高抬贵手，放了他一马。

春天来了，樱桃开花结果，果子从青到黄，再由黄到红，似乎没费什么劲儿。

麻雀们在不远处叽叽喳喳，慢慢向院子靠近，飞到院墙上，试图再飞到樱桃树上。

父亲就在树下，挥舞着脏兮兮的袖子，伴随着嘴巴里发出犀利的声音，将它们的每一次企图一一粉碎。

可是，父亲有犯困的时候，只要一打盹，它们就会不失时机地飞过来，迅速地叮上几口，再在父亲的驱赶下，小有得意且略带遗憾地飞走，而后再不顾颜面地飞回来。总是这样。

父亲想，这样不是办法，一个人终将熬不过鸟，而且不只是一群鸟。父亲弄来一捆稻草，像模像样地扎一个草人，把自己的草帽往草人的头上扣住。父亲想，草人不会犯困。在父亲得意地盯着草人流露出骄傲时，母亲瞪圆双眼说，就是鬼点子多！父亲的面色瞬间黯淡下来，像晴空中飘来一团乌云。

点子多不只是受了数落的父亲，麻雀们也越来越聪明。它们发现草人是假人后，肆无忌惮地飞到草帽上，还恶作剧般地拉下屎尿。

一树的红樱桃，可以卖一百至一百五十块钱哩，不是一个小数目。那时，我已经考到地区一所中专学校读书，家里依然很穷。

父亲早已断了做生意的念头，我的生活费成为家庭中比较昂贵的支出。父亲不是一般的在意，那一年一季成熟的樱桃。

父亲从东庄找来一条黑色的小狗，从小培养它的烈性。平时，用一块剩馍或者一块骨头，有意抛向空中，那个饥寒交迫的家伙，一跳三尺高，好像身上长了翅膀。

樱桃再红的时候，父亲把骨头挂在树梢上，黑虎一跳再跳，就是够不到，急得团团转、嗷嗷叫。黑虎是父亲给小狗起的名字，意思让它像一只小老虎一样威猛。有黑虎在树下镇守，麻雀们在墙头上交头接耳，再也不敢轻易飞过来挑衅。

父亲日渐老去。在樱桃树漏下的阳光里，时常犯困打盹。用一根线绳挂到耳朵上的老花镜，滑倒在他的下巴上。

黑虎偷懒起来，对那块在树梢上风干的骨头不再感兴趣。

麻雀们成群结队地飞过来。不几天，树上只留下绿色的叶子，在风中摇曳。

父亲仙逝的那个冬天，雪下得特别大，特别特别冷。次年开春，樱桃树没有发芽。

　　黑虎也失踪了。当然，没有人特别在意它，岁月中再平常不过的事儿了。

◀ 喂养一口锅

天空飘起小雨，慢慢如针线一样稠密。

母亲拉着板车，从集市回来。她脚底下沾满泥块，双手抱紧车把，像拉着一张吃到土中的犁。到了门前，她停了下来，向我招手。

我跑到母亲跟前，发现车身上捆住一口锅。

母亲喘着粗气说，我的儿啊，托着锅，别让它沾着泥。

锅真沉，像一块大石头。

母亲告诉我，生铁的，当然像石头一样沉。

锅口不小，跟村口的井口一样大。锅底看不出有多厚，觉得一砖头砸不烂。

母亲喝了一瓢凉水，密集地打着嗝，断断续续地说，家里有烩菜吃了。

立即勾出我肚子里的馋虫子。肥猪肉、海带皮、红萝卜、大白菜，还有粉条，垒尖一盆烩出来的美味，只有过年的时候，才能享受到。

秋庄稼刚收，离过年还有一大截。这个时候，母亲为啥买来一口大铁锅？

疑问盘旋在我的脑门上，像蜜蜂一样闹腾。想问母亲，却又将问题咽回嗓子里。上一次，问了母亲一个花钱的问题，受了白眼不说，还挨了一巴掌。躺到床上似睡非睡时，父亲跟母亲开始吵架。果然为了锅，在父亲一再追问下，母亲回呛道，比过年便宜了两块钱！

于是，盼着年跑步过来。数了手指头，开始数脚趾头，时间比蜗牛还磨叽。

铁锅上了锈。一点点的红斑，从锅里开始往外长，长着长着连成块，眼看着透着霸气的黑色锅身，渐渐变成了暗红色。

母亲吓了一跳，她在鼻腔里咦了咦，眼神里涌起了层层的惋惜。不行，再这样下去，等不了过年，这口锅便让铁锈吃了。

把铁锅抬到院子里，母亲取来一把麦草，在锅里锅外反复摩擦。锈色模糊了一大片，像天上的云一样散也散不尽。我舀了一瓢水，倒到锅里。

母亲又吓了一跳，说，我的儿啊，你想毁了它吗？

我用疑惑的眼神问母亲，怎么了？母亲告诉我，生铁不能见生水！见了，越锈越厉害！

母亲游离的目光，盯住了鸡窝里那只下蛋的小母鸡。

第二个逢集日，母亲抱着小母鸡出门，回来拎一块明晃晃的大白肉。母亲先将白肉上的一层厚皮剃掉，攥着肉皮在铁锅里擦啊擦。吱吱拉拉的声音，一声小似一声，锅里油汪汪的泛着亮色。

母亲支好锅，让我往锅底下添柴火，水沸腾了，白肉在锅里打着滚。院子里弥漫着空前的香味儿，门口聚集了一群狗，它们跃跃欲试，几次想冲进院门，都被母亲挥舞着菜刀轰出去。无奈之下，它们在院子外面打了起来，一时间，整个村庄鸡飞狗跳。

母亲将煮熟的白肉，用大块的粒盐腌好，袖口擦着额上的汗渍说，过年吃咸肉烩菜更好。

喝了两碗肉汤，梦里还咂巴着嘴。母亲戳醒我，笑着问，我的儿，有多香？

我害羞，咬着嘴唇，躲着母亲的目光。嘴唇上残留着香味儿，香味儿通过牙齿，传送到口腔，而后肠胃，而后大脑。

那块肉皮，母亲洗了再洗，也把它煮熟，腌了。隔三岔五，母亲取出肉皮，在铁锅里擦啊擦，生了锈的铁锅，即刻放射光芒。

母亲说，铁锅嘴馋，要喂一喂。

我心想，铁锅真有福，光吃油，不喝水。想着想着，肚子里咕咕叫，不知是饿的，还是气的。

入冬的第一场雪，家里来了客，多年不上门的表亲。父母亲乐坏了，忙着买豆腐、洗萝卜，从高挂的篮子里，割下一块咸肉。

父亲跟表大爷真唠叨，东南西北扯个遍。偶尔动筷子，只吃豆腐和萝卜，咸肉几乎不动。母亲在一旁让了再让，表大爷很矜持，几次夹到肉，筷子又滑了出去。

实在忍不住，我夹住一块肉，快速往嘴里送。母亲突然哎呀呀叫起来，好像被蝎子蜇了。肉掉在地上，被桌子底下等待时机的狗叼跑了。

母亲吸着凉气，冲着远方骂脏话。回过头，盯着我，射出两把刀子。

年终于到了。第三雪落了下来，天地间白茫茫的。

母亲开始做烩菜。咸肉、海带皮、红萝卜、大白菜，还有粉条，在铁锅里翻滚。

整个年，村庄里飘荡着烩菜的味道。

过罢年，铁锅锈得厉害，母亲连续赶了两个集，把铁锅卖了。

母亲叹口气，跟父亲说，卖了省心，我们家喂不起！

父亲吐一口老旱烟，慢慢向空气中飘散。

◀ 麦子熟了

夜深了。微微的南风，把一地的麦香，吹到村庄的梦呓里。

一支部队，悄悄路过。马蹄上包裹着破布，战士们脚下的乡间小道，野草没足，露水打湿了半截腿。

老汉闹肚子。他第三次跑出来蹲茅坑时，听到与虫鸣不一样的沙沙声。半夜三更的，干啥的？老汉腾出一只手，按住脑门想。再仔细听，声音越来越大，越来越长，好像一根绳子，从村庄南头扯向北头。老汉六十二了，出了名的胆子大，这种异样的动静，还是让他一头灰白的头发都竖了起来。

他把大黄从窝里拽出来，在老伙计两声凌厉的吠声中，老汉的腰杆挺直了，一前一后往村头走去。

天上没有星星，铅灰色的云朵，在微光中一步一脚地走动。

大黄突然不叫了，先摇摆着尾巴，再低吼两声，往村庄的方向跑去。

更加清晰的沙沙声传过来。老汉看到了马，晃动的人，黑压压的一大串。他在心里叫一声，坏了！

老汉深一脚浅一脚地往回跑。一路跑到草屋里，急忙把老伴儿晃醒，上气不接下气地说："不好了，鬼子来了！"

老伴儿在梦中，老汉的一惊一乍，把她吓懵了。"啥？你说啥？"她边问边坐起来，伸着两只空脚，满地找鞋子。

大黄过来蹭老汉的腿，老汉没好气，一脚踹到它的屁股上。

老汉对老伴儿说，快，连夜收麦，不能再像去年那样，到手的庄稼让鬼子白白抢走了。

今年天寒，麦子熟得晚。老汉想，过两天再收吧，好饭不在晚。等麦子熟透了，入了仓，少虫咬。可是，可是，他们又来了，真是他妈的造孽啊！

镰刀前两天便磨好了。此刻，老汉攥在手里，刀片在夜色中依然闪烁着锋利的光芒。老伴儿紧随其后，手里同样攥着一把锋利的镰刀。

天快亮了。而黎明前的黑暗，正在悄悄降临。

部队不见了，田野里恢复黑暗里的安静。虫鸣响起来，老两口割麦的声音也响起来，此起彼伏的响声，紧张而复杂。

东方渐渐亮了，像一块没擦净巨大的灰玻璃。

老汉的身后是老伴儿，老伴儿的身后，是一个个麦捆儿。他们的身后，金黄的麦茬儿，变成了一簇簇的利箭，蓄势待发。

鬼子过来的消息，在村庄里迅速传开，一大早，乡亲们手忙脚乱地火速收麦。

这时，一个嘹亮的声音从地头传过来："乡亲们呐，我们是

种在城里的麦子

新四军四师彭师长的部队，现在涡河岸边整休，看到乡亲们忙着收麦子，首长下令我们过来帮帮忙。"

老汉直起腰，抬眼望去，一个穿着军装的大个子，正挥着手。身后，站着一大片穿着军装的人。

老汉攥紧刀把，能够听到自己手骨的嘎巴声。他们敢过来，就跟他们拼了！老汉想。老汉向四周望了望，乡亲们也黑压压一大片，怕他个球！

好在，他们去了隔壁地里。隔壁是谁的地？老汉当然知道，是另一个老汉的，这个老家伙正在生病，此时就躺在床上。哼！上个月，两个老汉大打出手，差点儿出了人命。

老汉有点幸灾乐祸，心头也在隐隐地疼痛。麦子没了，那个老家伙怎么活啊！

想着想着，老汉握着镰刀走过去，冲着一群俯身割麦的军人吼道："你们干什么？难道不给我们老百姓留条活路吗？"

大个子军人直起腰，抹一把脸上的汗水说："大爷，我们是帮助乡亲们收麦子的。老人家，你看，天要下雨了。"

云层越来越厚，也越来越低。

老汉想，坏了，真的要下雨了。

雨点果然滴下来，越滴越大，越滴越急。

老汉的麦子离了田，在晒场上垛了。

病着的老汉，麦子也垛了。

部队在大雨中离去。老汉说，谢谢啊！雨声越来越大，他们根本听不到。

老汉到了那个老汉家，告诉他，你的麦子收了，垛了。

那个老汉躺在床上，拱手作揖说："谢谢老哥，都是我的不是。"

老汉把一碗面条扣在一个粗碗里，转身离去，回头说："谢我没用，要谢就谢新四军。"

天晴了。两个老汉，带着一队乡亲们，推了独轮车，赶上前进中的大部队。车上垒满了饱满的麦子。

大个子军人说："大爷，这都是你们的保命粮啊，我们不能要！"

两个老汉齐声说："不要不行，都是乡亲们的一片心意。没有你们打鬼子，我们哪里还有命哩！"

部队收下了粮食，由大个子军人代表部队，打了欠条。大个子还说："等革命胜利了，加倍奉还！"

部队慢慢消失在视野中。

老汉掏出欠条，一半递到另一个老汉手里，两个老汉稍一用力，欠条两半了。三下五除二，欠条变成了碎片，飞舞在他们的脚下。

晚霞抹红了西天，两个弯曲的身影，也被抹得通红耀眼。

◀ 洗　澡

　　母亲坐在沙发上，黑色的电视屏幕在她眼前发着呆。她老人家突然扭过头，用寒冷的语气问，最后一次给你爸洗澡是哪一天？

　　这一段时间，她老人家总是攻其不备，问一些令我发呆的问题。

　　我挠了挠头皮，岁月开始在头顶上留下荒凉的印记。大概五月一号吧？不对！五一那天，我值班，一直在岗位上。那天，的确是应该给父亲洗澡的日子，却被工作耽误了。

　　父亲卧床的日子里，母亲要求我每周必须给他洗一次澡。尽管如此，母亲的客厅里，依然游走着腐烂与衰老的气息。

　　给父亲洗澡，是做儿子的本分，也是给母亲的晚年，创造一个相对优雅的生活环境。母亲一生为人师表，衣食起居跟她工作一样，一丝不苟。

　　这样算起来，应该是五一前的那个周末。只记得母亲用手掌煽动鼻息，烦躁地抱怨我，你爸身上臭的不行了，到那个世界怎么做人啊！

　　而今，父亲居住在小小的镜框里，镜框挂在灰尘依附的墙上，以居高临下的姿态，看着窘迫的我，以及严肃不能再严肃的母亲。

　　母亲无数次拉住我的手说，小时候，你爸经常给你洗澡。生怕我不相信，还列举了许多关于给我洗澡的趣事儿。

　　祖父是个优秀的木匠，父亲没有继承祖父的衣钵，却出手不凡。给我洗澡用的那个木盆，就是父亲一手打造的。柳树材质，木榫连接木板，涂上桐油，倒上清水，铿锵有声。

　　父亲脱光我的衣服，像捉一条鲶鱼一样，拎起来，在空中晃悠。趁我高兴得咯咯叫时，才把我弄到水里。开始，我会大哭，拼命挣扎。后来，父亲省去了前奏，直接将我入水。只要一到水里，我叫得比空中欢实。父亲说，看看吧，这小子洗澡洗上隐哩。母亲没有停下手中的扫把，低眉顺眼之间，流露出无法隐藏的笑意。

　　父亲给我洗澡从来不用凉水，即便在夏天，也要把水烧开了再冷凉。父亲说，生水细菌多，孩子皮肤嫩。母亲教化学，对父亲的说法深信不疑。

　　一个仲夏的午后，父亲烧好水，倒进木桶里，在枣树下等着水凉。我们家一条叫黑虎的小狗，一身黑毛，憨头憨脑的。它从院外疯疯癫癫地跑过来，一头扎进木盆里，急切地喝了几口水。烫得它满地打滚，没过夏天，便病死了。

　　天冷的时候，父亲用一块塑料布围成一个圈，将我和热气牢牢控制在那个特定的空间里。

　　随着年龄的增长，父亲的木盆极少用了，他带我到澡堂里。

母亲还告诉我，你爸那个人死心眼，给你洗澡，雷打不动，每个星期一次。直到我住校读书，他老人家电话也会千里迢迢撵过来，反复提醒我，该洗澡了。

跟父亲情感至深，无疑得益于洗澡这件事儿。

大前年，一个意外的车祸，父亲坐到了轮椅上，从此没有站起来。

我把那个木盆，从储藏间里翻出来。

木盆足够大，竟然把父亲绰绰有余地装进去。恍惚间，觉得父亲早有预见。或者说，他知道自己的人生，终将逃不过那个器具。

父亲坐在木盆里，发出含糊不清的呻吟，光秃的脑袋上，浸出慢慢滚大的汗珠儿。

给父亲洗澡时，母亲忙于杂活，时不时把目光投过来，在父亲模糊的肉体上逡巡。

我不让母亲帮忙，给父亲洗澡这件事儿，自己独立完成。母亲面庞的皱纹，像微波一样荡漾。

有一天，母亲拽着我坐到她对面。

母亲又要问什么令人发呆的问题？我嘀咕着。

母亲没有问，只让听，不让回答任何问题。母亲说，有件事情不能再瞒着你！盯住发呆的我，母亲接着说，你不是我和你爸亲生的，你是我们从孤儿院抱养的。

我张大嘴巴大声说，妈，你胡说什么！

其实，在给父亲输血的时候，我已经知道了自己的身世。可是，在母亲面前，我不得不否认这个事实。

母亲说，抱养你的时候，我和你爸就想到今后老了，有个给他洗澡的。

此时，泪水从我发红的眼眶里，喷涌而出。此生无法原谅自己，最后没有给父亲洗个澡。

◀ 一个人的夕阳

一个人，是一个人，这样称呼很笼统，很模糊，也不太礼貌。但又不能直呼其名，事关当事人和当事人家庭的声誉与形象，姑且叫作老马吧。对，就叫老马，他属马，与之年龄和身份相对比较贴切。

老马还是大马的时候，就是镇里的信用社主任了。那时候的信用社可不得了，门口经常挤满存款或贷款的人。坐在柜台里面的营业员，穿着工装，忙得汗毛都竖起来，钞票数得沙沙响，估计手脚也会酸和疼的。老马不用数钞票，他手里握一把折扇，时不时打开，对着自己红润的面庞和一头浓密的黑发，扇了扇，再果断地合上。一合一开之间，老马的霸气便弥漫在特定的空间里。挤在柜台外面的一张半生不熟的脸，喊了两嗓子，马主任！马主任！老马喝了两口浓茶，冲那个人摆了摆手，意思是说，去吧去吧，或者等会吧，没看着我不得闲吗！

老马当时的牛气不仅仅局限在表面上，据说他外面彩旗飘飘，家里红旗不倒。好事的人把这些糗事儿，说得跟有鼻子的针似的，多数人相信这些据说都是真的。老马走在大街上，高大宽厚的身影后面，不知道有多少羡慕嫉妒乃至恨的目光盯住他，往他的肉里钉钉子。

老马的妻子是个悍妇，冷不丁从村庄赶来，脚下生了风，脸上起了雨，直直地闯到老马的卧室，表面上是打扫卫生，实际上是侦察敌情。有那么一次，她在老马的卧榻之上，发现了一根长长的染了黄色的头发。老马的妻子捏着那根异样的头发，顾不得明媚的大好春光，一路杀气扑向信用社的营业所，在大门口大呼小叫，把老马活生生地从柜台里拽出来。大家围过来，看了一场免费大戏，之后不了了之。有人说，老马的妻子真不像话，没教养少素质，咱们的马大主任怎么会有那种事儿，即便有了又如何，也不撒泡尿照照自己长得啥样！

别看老马的妻子长得不咋地，老马却被她拿捏得死死的，直至老马从主任的岗位上退下来，失去头顶上的光环，她第一夫人的宝座山一样岿然不动。

三年前，老马突发脑出血，不是妻子发现并救助及时，骨头都该上锈了。妻子悉心照料，把他从床上撺到地上，再从地上撺到路上，老马放下手中的拐杖，终于可以甩开膀子，独自走两步了。大家竖起大拇指，都夸老马这个人有福。

天有不测风云，人有旦夕祸福。在去镇上给老马拿药的三岔路口，一辆大货车将老马的妻子碾到轮子下面。

一开始，老马的两个儿子和两个儿媳，争着抢着伺候他。

慢慢地，不光争抢停止了，他们来看望老马的次数也依次减少了。都怪老马不会说话，掏翻口袋，大着舌头说，你们看，没有了，一分也没有了。其实，老马心里算过一笔账，两个不孝之子，半年的时间，从他这里取走近五十万，包括妻子的赔偿金四十三万。他们瞪着睁大的眼睛，怒视着老马，你不还有退休金吗？老马不糊涂，他告诉他们，退休金是他自己的，谁也别惦记着！

老马坐在大门口，夕阳涂在他的身上，像一尊佛像一样流光溢彩。老马堆满脸上的笑，跟走来过去的人打着招呼。等人走远，笑容才像碎片一样，一片片从脸上慢慢脱落。

单位的会计换了一个又一个，他们或她们按月过来给老马发工资。单位早就不叫信用社了，改叫银行了。无论叫什么，领导都会尊重老马这样的老同志，并依照他的意见，把工资按月送上门。

最后一次给老马发工资的，是一个刚调过来的小姑娘，她知道老马已经去世三天了。小姑娘抹了一把眼泪，把一个月的工资和一个纸条，递给老马的大儿子。

老马的大儿子把一沓钞票装进口袋里，捻开纸条，准备随手扔掉。纸条上写着这些字：姓名马建国，金额伍拾万元整。右下方盖一枚红章：中国教育基金会XX分会。

在场的大家一时都愣住了。谁也没说话，眼睁睁看着西天的落日钻进地洞里。

◀ 父亲的寿辰

平时，父亲很少给我打电话。工作偶尔空闲，我会打电话问他一些关于饮食起居方面的事情。曾经，我当面问过他，为什么不给我打电话？他挠了挠头顶稀疏的毛发，嘿嘿笑两声说，怕耽误你工作。

进入腊月，父亲给我的电话多了起来。电话里，父亲告诉我，某某某几号过寿，要回来一趟。父亲嘴里的某某某，多是我们家的至亲，或者左邻右舍要好的街坊。一般情况下，我会遵循他老人家的嘱咐，赶在主家办事的那一天回去。可是，人在江湖，身不由己，时间往往不属于自己。此时，我跟父亲商量，您老帮我垫上吧，下次见面时再还给您。父亲帮我垫了不少的份子钱，还他时一次都没要过。渐渐地，我发现父亲的语气不对头，他在电话里不再像以往那样兴奋，而是牢骚满腹，甚至骂骂咧咧，说某某某不地道，逢寿必过，六十六过，七十三过，庆八十还过，真是烦死人呐！

老家人有过寿的风俗。尽管政府提倡移风易俗，效果却不明显。老百姓不就图个乐吗？往往偷偷地也要呼朋唤友，摆上十桌八桌的。

父亲六十六岁那一年，我们也打算热闹热闹。一来亲朋好友们都在乐，二来多年来掏出去的份子钱，也可以借此机会回流一些。

父亲不干，双手举到额头，冲着院子里的积雪摇了再摇，不过！不过！

我们当儿女的诧异，你看看我我看看你，不知道喜欢热闹的父亲，怎么会一反常态？母亲撵到他跟前问，为什么？

父亲没有直接回答我们，他用手指了指南地，一望无际的麦田里，雪渍斑斑，奶奶的新坟出现在我们的视野里。

奶奶过世刚两年。父亲是个孝子，他要为他母亲守孝三年，在他守孝期间，怎么可以给自己庆寿呢？

父亲的做法给我们上了一课，对父亲多了一层由衷的敬意。我们说，等您老七十三了，再好好庆祝庆祝。

父亲嘿嘿地笑，一头的皮屑被他挠得如同再飞了一场雪。

时间过得真快，父亲的头皮屑越来越少，因为他的头顶秃了，从中间开始，年年向外蔓延，呈现燎原之势。而他老人家喜欢挠头皮的习惯依然如故，每每高兴或者揪心，他都要挠了再挠自己的头皮。母亲时不时讥讽，三根稀毛，挠完了还挠什么！父亲瞪着牛眼，怒发冲冠。母亲转过脸，笑声一串接着一串，泉水一样喷洒一地。

离父亲七十三寿辰还有大半年的时间，我们便开始偷偷摸摸地预订蛋糕和酒店。为什么要偷偷摸摸地做准备呢？主要还是父亲的态度发生了变化。这些年来，大伙儿腰包鼓了起来，大操大办的风气日渐盛行，铺张浪费的现象十分严重，父亲对这种现象嗤之以鼻。常常说，这些人有俩钱就烧包，没从六零年过过，不知道挨饿的滋味！这些话儿传到别人的耳朵眼里，人家不高兴，还说父亲这个人小气，不就掏几个份子钱吗！父亲更加生气，发誓自己不过寿。

父亲跟亲朋和街坊的关系，事关我们的颜面，所以一定要给他过这个七十三寿辰。

那个腊月是个暖冬，天气好得让人生气，日头暖暖的，天空蓝蓝的，白云白白的。

父亲的电话，少得可怜，以至于怀疑自己的手机出了问题。

其实，父亲此时来不来电话都无妨，我们的份子钱通过转账的方式，打到亲朋好友的支付宝里。

第一场雪突然而至，下了三天三夜，天地间白茫茫的。父亲突发脑梗，由于错过了最佳的抢救时机，不得不住进医院的重症室。

父亲在重症室待了一个半月，出来后去了殡仪馆，辗转回到他的承包地里。

父亲的寿宴只有取消，我们付了一笔不菲的违约金。

次年之后的再次年，一直延续至今，我们都要在一个固定的日子，给父亲过一次寿辰。

父亲每年都笑着到场，并没有因此挠他自己的头皮。一开始，母亲抱着他的照片，后来是我，再后来是我的儿子。

当然，在场的亲人们，只有父亲一个人高兴，其余的人，没有一个可以高兴起来。

◀ 母亲的镜子

　　乔迁新居，母亲自作主张，在她的卧室里装了一面镜子。说是镜子，其实就是一大块玻璃。在弥漫着欧式风情的装潢里，这块玻璃无疑像一块疮疤。

　　妻子眼睛瞪得眼珠子似乎要弹出来，把无比的愤慨都射向我。每每如此，受伤的总是我。

　　我问母亲，装这个干什么？

　　母亲正在镜子前，理她鬓前的灰白头发，她没有直接回答我提出的问题，而是用不满的眼光告诉我：我愿意！

　　母亲年轻时，曾经是校园里的一枝花，或者说之一。追她的男生比较多，没承想，被又矮又胖的父亲最终追到手。这在当时简直是个奇迹，大家唏嘘不已之后，往往摇头再摇头，哀叹母亲的不幸与悲哀。

　　奇迹的发生，缘于镜子。

　　这个事情，还要从头梳理。

父亲那时也是母亲的追求者之一，只不过父亲的方式与别人不同而已。其他的男生往往用信件表达，或者直抒胸臆。父亲不，或者不敢表达，因为这样会伤害到母亲。这样美丽漂亮的一枝花，怎么能让一个又矮又胖的穷小子追呢？伤人眼球不说，更伤人心，甚至伤及天理。父亲偷偷地寄给母亲一面面不同的镜子。每到周末，同学们往图书馆里钻的时候，父亲会走街串巷，购买镜子，之后跑到邮局，把它寄给母亲。为了防止母亲发现，父亲恳求不同的人，用不同的笔迹，写同一个地址和同一个姓名。

为什么是镜子呢？

这是父亲的一个重大发现。教学楼厅堂里的东墙上，镶嵌着一面巨大的镜子，镜子的上方贴着一行红色的楷体字，学习让人进步！每次经过时，母亲会慢下脚步，屏住呼吸，理一理额上的秀发，随后鼓起腮帮，吹一口气，将顺下来的刘海轻轻吹起，如同舞蹈一样，才满足地离开。这个发现令父亲激动不已，他围着操场跑了二十一圈，躺到地上喘息的时候，做出了自己的决定。

镜子给母亲带去好奇与惊喜。一开始，她觉得又是一个无耻的捣蛋鬼恶作剧，慢慢觉得不是那么回事儿，倒像个没有破解的阴谋。当她收到第十九面镜子的时候，她的心脏在加速跳动。她断定，这不是一般的捣蛋鬼，而是个颇有心计的阴谋家。

母亲决心把这个阴谋家挖出来。她老人家在邮局蹲守了三个周末，终于揭开了父亲的面纱。

母亲警告父亲，再这样，她要报警。

母亲的威胁，并没有吓倒父亲，消停了一段时间后，母亲又收到了父亲寄过去的镜子。

当然，母亲并没有报警，她被父亲的痴心所打动。五年之后，在情场上遍体鳞伤的母亲，选择了父亲。

搬了几次家，经历过岁月的磨砺，母亲身边只剩下一面镜子，这面镜子也是父亲当年寄给她的，而今留下来的唯一的一面镜子，母亲视它为至宝。可惜的是，母亲对父亲唯一的念想，被我调皮的儿子弄碎了。母亲把自己关在屋里，整整憋闷了一天。无奈她只能接受现实，孙子也是她的宝贝啊。

父亲在世时，他们居住在城郊接合部的老屋里，在每一间屋里的墙面上，父亲都钉上一面或大或小的镜子。父母一生没红过脸，三次被所在社区评为"五好家庭"。

父亲过世，老屋拆迁，母亲不得不跟我们在一块居住。可是，婆媳之间往往刀光剑影，暗度陈仓。

夹在母亲和妻子之间，我只能睁一只眼闭一只眼，古人说得好，难得糊涂嘛。

比如，母亲卧室里的那面镜子，只照她自己，不照别人不是吗？你说是不是？妻子不说是，也不说不是。好了好了，总之都我的不是，嘿嘿，嘿嘿。

到了这个冬天，母亲的情况越来越不妙。有一次，她打我电话，说忘了带钥匙，等我匆匆忙忙从单位跑到家门口，才发现她的钥匙插在锁眼里。还有一次，她去菜场买菜，买了一份，回头又买了一份，两份菜品，一模一样，连斤两也分毫不差。

回到家，母亲进了卧室，先把门关上。我知道，她老人家肯定在照镜子。

有一天，她进了卧室，没急于关门，一手扶着门边一手招唤我，等我进去后，她才悄悄把门关上，在镜子面前愣怔了好大一会儿，才轻轻问我，这个人是谁？我张大嘴巴，盯着认真的母亲说，妈，这不是您自己吗？听到这个回答，她很沮丧，喃喃自语，不是我，是小关。小关，是母亲一生对父亲的称呼。

我故意把父亲放大的照片，放到镜子的旁边，期望母亲随时可以看到她的小关。可是，母亲不仅把镜框踢碎了，还把照片撕成了四片。母亲说，他不是小关，他是可恶的捣蛋鬼！

母亲病得不轻。我带她看医生，医生告诉我，没办法，老年痴呆症。

儿子在外地上大学，寒假回来了，一进门，母亲急走几步迎上去，一把搂住儿子的肩膀说，小关啊，你终于愿意见我了。

我转过身，捂住嘴巴，没让哭声溢出来。可是，一串串不争气的眼泪，却淌了一脸和一手。

◀ 熊孩子

我奶奶文盲，我爷爷读过私塾，且家境殷实。

一家人对他们的婚姻都不看好，只有祖爷爷充满自信。祖爷爷亲自将我爷爷和我奶奶的终身大事订下来后，长舒一口气，回归了大自然。

事实证明，祖爷爷的眼光独到而犀利，具有战略思维。

经过历史的洗礼和沉淀，曾经三代单传的刘家，人丁兴旺，儿孙满堂。

打我记事时起，我就在弥漫着药味的家庭中度过的。我爷爷常年喝一种用锅灰当药引子的中药。他老人家喝药的方式很特别，一小口一小口啜，像品茶。若是天气好的日子，他端坐在院子的枣树底下，悠闲自在地品。

看到我爷爷很享受的样子，我很想尝一尝。他老人家很大方，将一大杯药递给我，微笑着看着我喝。

哎呀，那个苦啊！从嘴里苦到了心里。我倚在枣树上，肝肺肠子差点吐出来。

我爷爷仰起黄巴巴的瘦脸，对着枣树叶子筛下来阳光眯眯笑。我奶奶却说，苦死你个熊孩子！

听我妈妈说，从她生下我那天起，我奶奶就叫我熊孩子。

我奶奶自言自语，这熊孩子，像谁呢？像他爷爷？不像，他爷爷是个瘦猴。像他爸爸？也不像，他爸爸没有这熊孩子威武。

我妈妈先看着我，又看着我奶奶，笑吟吟地说，像他奶奶。

我奶奶笑起来，那声音好像在炸鞭。她跐起她的大脚板，将响鞭炸在院子里，大路上，田头边。惊得田野里的耕牛，哞哞叫。

我爷爷在我百天时，翻遍了五经四书，给我起个响亮的名字：晨阳。意思是说，像早晨的阳光一样富有朝气。

我奶奶反对，说别嘴别嘴，就叫熊孩子。你们看看熊，多壮实。

一家人没有听我奶奶的，而我奶奶却我行我素。

趁我爷爷打盹的时候，我在他药壶里放了几勺糖。

我爷爷很享受地品着药，觉得不对味，居然喷了一地。一地的蚂蚁惊慌失措，以为突降暴雨。

我奶奶突然从厨房里跑出来，手里拎着烧火棍，吼道，这个熊孩子使坏，看我不揍死他！

我爷爷咧着痛苦的嘴喊，快……快……

那个跑字还在我爷爷的嘴里打转转，我已经风一样从院子里刮出去。

天黑了，我不敢回家，躲在草垛里，虫子钻进我的衣服里，尽情地叮咬。

当我醒来时，灯光下，我奶奶正在往我身上抹药。我奶奶不停地说，你这个熊孩子，不听话，叮死活该。药抹在皮肤上，透着凉气。我奶奶的眼泪落在患处，热乎乎的。

我爷爷没下过地，好像常年只在家里喝药。地里的重活脏活累活，都是我奶奶的。

我奶奶身板硬，像个汉子。

也许，祖爷爷就是看中我奶奶这一点。尽管祖爷爷不在了，我想，他体弱多病的儿子，他再清楚不过了。

我奶奶说，她娘家在淮北，具体在哪里？她也说不清。从五岁那年讨荒过来，就没回过娘家。淮北那地方大了，淮河以北都叫淮北。

我奶奶说话的口音与我们大不一样，嗓门高，语气粗，跟我爷爷说小话，也像吵架似的。

她喊第一声熊孩子，把我吓得一愣怔。我妈妈怕吓着我，在我耳朵里塞两个小棉球。

长大了。她叫一声，我应一声，熊孩子成了我的代名词。

上学了，老师点我的名，好像在叫别人。老师说，郑晨阳，站起来，你刚才想什么呢？

同学们笑话我，老师老师，他奶奶叫他熊孩子。

老师沉下脸，教室里一片安静。窗外的家雀儿，叽叽喳喳地叫。

老师家访，来到我家。

我奶奶一副紧张的样子，既倒茶，又拿烟。老师，是不是我家的熊孩子惹事了？

老师吸着烟，喝着茶，不说话。

我奶奶急了。大叫一声，熊孩子，你给我出来，你干了什么坏事？让老师气成这样！

我从里屋里出来，乖乖地站在老师面前。

老师终于开口了。他奶奶，以后别叫孩子熊孩子了，多难听。孩子大了，自有尊严。

老师说过，站起来往外走。我奶奶脚跟脚撵着老师，你说啥？啥叫尊严？

之后，当着我的面，我奶奶不喊我熊孩子了。我奶奶喊，哎，那个啥，作业写了吗？

我奶奶哎哎哎地喊，有时我应，有时我不应。你知道她老人家在喊谁呢？

我爷爷吃了一辈子的药，最终也没能阻挡死神向他走来的脚步。

从国外赶回来，我爷爷已经入土为安。

我奶奶带着我，到我爷爷坟前，给他老人家烧纸。

我奶奶蹲下来，点燃火纸，边用一根小木棍挑着纸边说，熊孩子，起来吧，你大孙子来看你了。

以为我奶奶对我说，可她再重复一回时，我确认她在对着自己面前的土堆说。

我的眼泪，开始不争气了。

1976 年的饺子

头伏饺子二伏面。

姥姥说这句话的时候，太阳已经挂在东南方向的树梢了。阳光火辣辣，像抹上一层辣椒粉，将一树的知了辣得嗷嗷叫。

姥姥开始剁馅、和面。

汗珠从姥姥的发际线出发，经过额头、鼻沟、嘴巴和下颚，最终落在面盆里。半盆的麦面，经过姥姥的手，变得瓷实而发亮。在闷热的空气里，散发着醉人的香味。

姥姥说，孩子，马上教你包饺子。

此时，在醉人的麦香里，我正在想一个问题：姥姥为什么这个时候包饺子？不是过年才吃饺子的吗？过年吃饺子，是每个童年人的梦想。那个梦想，在我的童年里，时不时冒出头来。

我说，好，姥姥。我的回答似乎很突兀，姥姥开始檊饺子皮了。

一群鸡从南面的树荫里赶过来，围着我和姥姥，咕咕叫。大概香味也飘到那片树荫里。没办法，谁叫它那么香呢？

姥姥包了第一个饺子。她取一张饺子皮，放在左手心里，右手将半勺子的饺子馅，均匀地裹在饺子皮里。先从中间捏起，而后两头，再往中间，反复捏紧。一层层呈曲线形的褶皱，把两头微微翘起的饺子，打扮得十分妩媚。

我一边看着成形的饺子，一边看着笑容中的姥姥。姥姥的眉眼，透露出洁净，被汗水洗涤过的洁净。

听老辈人说，姥姥是个太太，曾经的大家闺秀。太太这个词，那个时代已经封装了，旧社会的产物，显示出无比不能容忍的阶级仇恨。

孩子，你看，这饺子，好看吗？姥姥问我。

姥姥的问话，似乎多余。我想说，好看，跟姥姥一样好看。可是，我没说出口。一个小学三年级的孩子，脑袋里装的不仅仅是亲情，还有一些不可名状的东西。

我只点点头。

一只大胆的鸡，突然伸过来自己的尖嘴，在饺子上啄了一口。

可怜的饺子，还没来得及过多的显摆，就受了伤。

姥姥愠怒。孩子，看住鸡，这些捣蛋的家伙。

我将鸡撵得嘎嘎叫，支棱着翅膀跑远了。似乎不解气，拾起一块硬土，又送了它一程。

姥姥喊我，孩子，回吧。吓着它们，没有蛋吃。

姥姥继续包饺子。一会儿，一个锅盖上，站着一队士兵一样的饺子。

姥姥催，孩子，学着，不难。

我正喘着粗气。那只捣蛋的鸡，搞得我气喘吁吁。

我没忍住，问姥姥，干嘛这个季节包饺子？

姥姥的眼神黯淡下去。汗珠跑到她的眼里，蜇得她眼涩。她说，姥姥是四川人，四川人头伏吃饺子。

这里却是安徽，距离姥姥的家，千山万水。

解放前，姥姥逃难来到安徽，一生没回过四川，这是后话。

一树的知了，嗷嗷叫。这个季节，眼看要热死人呢。

饺子终于包好了。姥姥拍了拍手，可以烧水了。

两只大鹅大摇大摆走过来，直奔那一锅盖的饺子。

我抄起一根棍，随时准备与它们作斗争。

姥姥说，孩子，莫拍，大鹅不吃饺子。

什么？大鹅不吃饺子？这香喷喷的饺子，大鹅竟然不吃？

果然，那两只大鹅，围着锅盖转着圈，仿佛它们是来保护饺子的。

水烧开了。姥姥在锅门口对我说，孩子，把饺子端过来。

慢着。随着一声断喝，董建国站在我们院子的阳光里。

董建国是我们大队的革委会主任。

姥姥慌忙从锅屋里出来，哆哆嗦嗦跪在董建国面前。

秦迎春，你个地主婆！睁开你的狗眼看看，什么时代了，还过着剥削穷人的生活。董建国怒气冲天。走！马上，立即，现在，上大队部！

董建国拽住姥姥胳膊，不由分说往大队部赶。两只大鹅，追过去，拧董建国的腿。姥姥喊，孩子，管住鹅！管住鹅！

一场轰轰烈烈的批斗大会，一直开到太阳躲进了西山。

那一锅盖的饺子，被一群捣蛋的鸡们弄得面目全非。而后，臭烘烘的味道，招来一群群乱哄哄的苍蝇。

◀ 一路狂奔

．．．．．．．．．．．．．．．．．．．．．．．．．

马小明坐在教室里，跟随着老师朗读《唐诗三百首》里的李白名篇《望明月》。

毛校长"聪明"的脑袋从后窗户冒出来。敲了敲玻璃框，用眼神和手势，将扭头望着窗外的马小明叫了出来。

马小明和毛校长一前一后，走到操场的花坛边。毛校长慢慢蹲下来，脸对着马小明的脸。

毛校长问，马小明同学，你想妈妈吗？

听到妈妈两个字，马小明如水一样的眼里，闪烁着星星一样的亮光。

马小明使劲地点点头。

毛校长接着问，想见妈妈吗？

马小明的眼里更加明亮了，仿佛两盏灯，挂在他的脸上。

这一次，马小明没点头。他用双脚搓着操场，头低下来。搓着搓着，他眼睛里的亮光被搓了下来。

毛校长抚摸着马小明的头说，孩子，马上我带你去见妈妈，好吗？

马小明猛然转过身，穿过学校半掩的大铁门，鸟儿一样向东南方向飞去。

毛校长从地上跳起来喊，马小明同学，你等等！

马小明没有心思再等，根本等不及了。马小明想，一定抓紧尽快将这个消息告诉奶奶。

马小明跑得很快，脚下的尘土扑扑扬起。一颗石子，从马小明的脚下，弹跳到庄稼地里，发出一串串清脆的声音。

马小明脚下生风。遇到道路拐弯抹角时，他干脆叉到路边的泥地里。

再遇到一条小沟，桥就在不远的那边。可是，马小明心急如焚，他下到水里。沟里的水很静很柔，在缓缓地流淌。沟水被马小明快速运动的双脚，弄出一条条银白色的锦缎。

马小明跑掉一只鞋。在跑进第三块玉米地时，摔了一跤，左手心里渗出一滴滴的鲜血。

马小明推开院门，奶奶不在家。蹲在院墙外的瘸三爷说，在庄东南的玉米地里。

玉米长到半人高，正是喝水喝肥的时节。

奶奶在给玉米追肥。奶奶先用手在玉米棵旁边挖一个小坑，将尿素丢进一小撮，然后再用脚将土填上。

马小明气喘如牛地跑到奶奶跟前，断断续续地说，奶……奶奶，妈妈回来了。

奶奶低头忙活。马小明无比惊奇的话儿，在奶奶复杂的表情上没留下一丝多余的痕迹。

马小明大声说，我想去见妈妈！

其实，马小明十分想念妈妈。他一路狂奔，就是要在见到妈妈之前，回来告诉奶奶一声。

奶奶在家管他吃住，供他上学，给他穿衣，他必须赶回来告诉奶奶。

奶奶抬起头，一脸疑惑地望着马小明，嘴里嘟囔着，怎么可能？

马小明挺直一鼓一鼓的肚子和一起一伏的胸脯说，是毛校长亲口告诉我的！

毛校长？奶奶问，哪个毛校长？

马小明有点儿急了，结结巴巴地说，毛校长你不知道？就是毛蛋的二大爷。

奶奶似乎记起来了。自言自语地说，那个"四眼"，小名叫二狗子的？

马小明气得哼哧一声，转身跑回家里。家里有一条红纱巾，妈妈临走时留下来的。

马小明找到那条红纱巾。红纱巾很红，只是压在床底下时间长了，太皱巴。

马小明将红纱巾揣到怀里，鸟儿一样飞出自己的家门。

太阳已经升到马小明的头上，光线毒毒的，怎么躲都躲不过去。

冲着学校的方向，马小明不再犹豫，一路狂奔。

穿过村庄，穿过小桥，穿过小路，穿过小沟，穿过三块玉米地……马小明跑到学校的大门口。

毛校长坐在行驶的车上，从学校大门口经过。车上坐着毛校长，还有几个笑容如花的孩子们。

马小明停下脚步，愣住了。

毛校长边招呼孩子们坐好坐稳，边督促司机加快速度。

今天，市电视台要搞一个直播节目，让全市留守儿童的代表在电视里找妈妈。

载着孩子们的车子一路狂奔，扬起一路飞扬的尘土。

飞扬的尘土里，马小明一路狂奔地追赶。

可是，马小明迷眼了，一跤摔在硬地上。

从马小明怀里飞出来的红纱巾，如一摊鲜血，在他眼前的尘土里飘荡着。

◀ 针线活

　　院子不大不小，清一色的红砖铺地。有太阳的日子，奶奶将院子收拾得十分利索。那些调皮捣蛋不知好歹的鸡鸭鹅狗们，都被奶奶哄出去关在门外了。

　　奶奶开始做针线活。

　　奶奶戴一副缺了腿的眼镜，而她用一根线绳巧妙地挂在耳朵上。奶奶的眼镜片在阳光下熠熠生辉，认针的技术却一年不如一年。尽管奶奶冲着太阳的方向，尽管奶奶的眼睛眯成一条缝，尽管奶奶将线头在指间捻了又捻，可是奶奶手中的线头就是钻不过针眼，就是让奶奶做针线活的前奏杂乱无章。

　　奶奶风轻气爽地喊我，丫头，过来哟。

　　我故意将头埋藏到书本里，脸上荡漾着窃喜的笑花儿。直到奶奶长长地歇一口气，将过来帮个忙这句话说完，我才装模作样云一样飘过去。

　　奶奶的针并不难认，我往往一次中的。

奶奶从眼镜上面溜出来的目光瞟着我。丫头，教你做针线活吧。

我噘嘴跺脚，不！就不！

娘闻声从厨房里窜出来，厉声训斥，不懂事！怎么跟奶奶那样说话！

娘从来不敢跟奶奶高声说话。在娘眼里，奶奶不仅是亲人，而且是师长。

娘的针线活就是奶奶手把手带上路的。

那一年，爹把娘从山东偷领回来。奶奶盯过娘的脸、胸、腰、腿一直到脚，最后回头盯在娘的一双小手上。奶奶问，会做针线活？娘摇摇头。

夜里，奶奶从娘屋里叫出来爹，毫不留情地把爹骂个狗血喷头。不长眼的东西！不会针线活，能拖家带口？不会针线活，能养儿育女？不会针线活，能过细长日子？奶奶声色俱厉的反问排比，将爹的头弄到裤裆里，将大字不识一斗的自己弄得十分高大，将满天的星星弄得眼睛一眨一眨的。

娘小心翼翼地侍候着奶奶。通过一年多的亲情感化，奶奶才答应收她为徒，教她做针线活。

奶奶的针线活做得地道，方圆三五里小有名气。每逢谁家的闺女出门子，奶奶会被东家请过去。一来帮闺女做件上轿子的衣服，二来指点一下闺女的针线手艺，好让婆家刮目相看。那时奶奶的眼睛笑眯眯的，乐呵呵地一路春风，教起闺女针线活来头头是道有板有眼。东家过意不去，临走送些糖果饼干之类的吃食，奶奶坚决不收。奶奶回头跟娘说，穷点没啥，别让人家瞧不起。

奶奶已经不止数次要教我做针线活，每次我都恶语加白眼。奶奶不生气，仍然会笑，跟弥勒佛似的。只是娘脸上挂不住，每次都是她对我恶语加白眼。

奶奶出来帮我打圆场。甭怪她，丫头还小，大了啥都知道了。

我一心掉进书堆里。在那个闷热的夏天，我终于考上了大学。

奶奶高兴，做了半个暑假的针线活。奶奶做鞋，做褂子，做裤子。临上车，奶奶将一网兜的绝活塞给我。可是我一件没穿，在第二年的寒假，我将它们悄悄带回来，偷偷放进奶奶的箱子底。这些土里土气的东西，怎么能在时尚飞扬的大学校园里穿出去？

奶奶的针线活一年不如一年。到了她认针困难的时候，常年没有一家请她的。

奶奶照旧做自己的针线活，仿佛她有做不完的针线活。娘看着磕头打盹的她心疼不已。娘说，谁现在还做针线活？谁还穿手工做的活？娘的语气发生明显的变化，在履劝无效的情况下，明显掺杂着不满的成分。

奶奶很少生气，依然做着针线活。尤其是无风无雨有太阳的日子，奶奶还会将院子里的东西清理干净，关上木门就着阳光做针线活。有一天，有只下蛋的鸡将蛋不知下到哪儿去了，娘忍无可忍跟奶奶吵了一架。

奶奶拉我评理。趁娘下地走远，我评奶奶的理儿。奶奶，不就一只蛋吗？有什么了不起？做一辈子的针线活了，您老想怎么做就怎么做。我啊，坚决支持我的老奶奶。

奶奶干瘪的嘴唇直哆嗦，似乎枯叶即将从树枝上落下来。

奶奶卧床不起的冬天，我工作的企业倒闭了。自然，我成了一名刚就业就下岗的工人。

我含泪翻出奶奶做的针线活，一针一线地从头学起。

后来，我开了一家店，店名叫老祖母针线坊。再后来，我注册了一家公司，生意越做越红火。

◀ 独姓村庄

　　在扁担王，几乎所有的人家都姓王。爷爷姓王，父亲姓王，儿子孙子也姓王。也有个别父亲姓别的姓的，但到了儿子这一辈又姓王。怎么回事？父亲原来倒插门，孩子自然要随母姓了。

　　只有韩先让是个例外。因为韩先让的父亲姓韩，爷爷姓韩，甚至从他爷爷的爷爷那儿开始就已经姓韩了。

　　有了韩先让，扁担王王姓人家心里十分纠结。韩先让的父亲和爷爷也同样让他们的父辈和祖辈心里十分纠结。但是韩先让的先人有夹起尾巴做人的本事，才得以让韩姓苟安于王姓鸡群的。

　　韩先让以前的日子，全部复制了祖训过下来的。只是韩先让比他们的祖辈相对高明得多，差一点达到居高临下俯首鸟瞰扁担王的地步。这件事情，还得从韩先让在寒风里居住说起。那会儿的风水好宅都让王姓人家占了，而且谁的人口多谁的拳头硬谁占的好宅多。韩先让自然属于人口少拳头软的那种，所以他一家住在村西北口的那个拐角，是再正常不过的了。那个拐角招风，尤其招冬天的寒风。也可以这样说吧，当寒冷的西北风吹进扁担王的时候，第一个遮风挡雨的就是韩先让一家。韩先让也想住在有阳光温暖的地方，有什么办法呢？谁让自家姓韩，韩跟寒不是同音嘛。

韩先让没有前后左右邻居，于是便空出一块地。韩先让因势利导，将空出来的地块圈起来养鸡养鸭。鸡鸭开始下蛋了，韩先让的人气也上来了。韩先让先让婆娘把蛋腌起来，然后从扁担王的孩子开始，到扁担王所有的男女老少都能尝到自家的咸蛋。扁担王的人们咀嚼着韩先让的赠物，既觉得理所当然，不用回馈星点的东西，又在坚硬的内心深处，认为韩先让这个人还是不错的。

有一年村里实行村主任直选，在王姓两派的争斗中，韩先让出人意料地当选了。当村主任是韩先让做梦都想不到的，甚至包括在九泉之下的祖辈们做梦都想不到的。

清醒之后的扁担王恍然大悟，怎么能让一个外姓统治扁担王呢？他韩先让姓韩，怎么能够对扁担王的人们指手画脚？他有什么资格？他祖祖辈辈不都是听我们的吗？

再一次选举，尽管扁担王的男女老少仍然吃着韩先让的咸蛋，还是落选了。

不管怎么说，韩先让能在他这一辈将韩姓在扁担王推上至高无上的地位，的确不能不说韩先让是个高人。

韩先让的高还远不止这一点。

韩先让的小女儿韩丽，从小就是个美人坯子。女大十八变这话说得一点不假，等韩丽高中毕业后，哎哟，简直不得了了，这小妮长得眉清目秀如花似玉。这让扁担王的大人们倒吸一口凉气，同时让扁担王的小伙子们寝食不安。韩先让家的木质门槛，快让风风火火甜言蜜语的媒婆踏破了。人们似乎突然觉得，韩先让的那块宅子原来是风水宝地。那里不仅可以养鸡养鸭，还可以养漂亮的妮儿。每当媒婆上门，韩先让赔的笑是最多的，有人说韩先让脸上开花了，还有人说，韩先让的心情比刚下了蛋的鸡还兴奋许多。

韩丽出人意料地嫁到了浙江。

韩丽被浙江人从扁担王用车拉走的时候，扁担王真正开始愤怒了。一开始是在韩先让的身后吐痰，后来找茬点着他的额头骂得狗血喷头。扁担王不再吃韩先让的咸蛋，似乎怀疑他韩先让是不是下了慢性毒药，才让扁担王所有王姓家族给迷糊了。而今，他韩先让不顾及扁担王的脸面不说，还让众多的后生们患上不思进取的相思病，这不是明摆着跟扁担王过不去吗？立夏的那个夜晚，韩先让近三百只鸡鸭一夜暴死。这些还没有长成的无辜生命，为韩先让的举动付出惨重的代价。曾经有些日子，聚集在井口榆树下的扁担王人，就韩先让是不是应该搬出扁担王，进行了热烈而积极的讨论。

直到次年麦收，这个话题才戛然而止，才发生根本性的变化。

那一天，一辆宝马车经过剧烈的颠簸，稳稳当当停在韩先让的家门口，扁担王的目光再次集中到韩先让那儿。

韩丽和她的阔老公衣锦还乡了。据说，韩丽的阔不是一般的阔，以她现在的身价，可以买二十个扁担王。同样在井口的榆树下，聚集而来的人们津津乐道，乖乖，二十个扁担王，那是什么概念？

而且韩丽笑吟吟地说了，准备给扁担王修一条通向镇上的水泥路哩。

水泥路说修就修好了，五米宽，笔直，对着开拖拉机没问题。

扁担王乐了，连漫天飘扬的雪花，也似乎是从扁担王的笑声里抖出来的。

韩先让一家老小是沿着这条水泥路走出去的。韩先让走完这条路，又走完镇上到浙江的路，最后不回来了。

扁担王好像十分失落，又好像十分庆幸。这下，扁担王总算彻底姓王了。

这年连降大雨，涡河溃堤，发生百年一遇的灾难，扁担王变成一片泽国。事后，扁担王有人议论，韩先让的确是高人呐，这样的大灾大难方能先知先觉。

◀ 无 常

2000年4月17日深夜，涡河三桥发生了一起罕见的交通事故，造成车毁人亡。

两辆摩托车，在足有二十米宽的桥面上，而且没有其他车辆行人的情况下，如两块飞奔的石头剧烈相撞。

那几天的电视节目里，这条新闻像催春的种子，处处生根发芽。

姐姐是县五中的数学教师，经过几番分析和论证，觉得实在不可思议。姐姐从胸腔里运气，嘴里先吐出一个唉字，然后自言自语，简直不可思议！这句令人感慨万千的话语，成为那段时光姐姐茶余饭后莫名的嚼头。

也就是从那一天起，姐姐几乎不去河北了。姐姐不去河北，也就意味着姐姐不过涡河三桥了。之前，姐姐几乎每天，甚至一天数次通过涡河三桥到河北去的。涡河北岸有个叫刘大壮的小伙子，是姐姐像筛种一样精挑细选的恋爱对象。两个人如胶似漆，涡河三桥的水泥路面，被他们充满希望的脚步蹀来蹀去。两岸依依的垂柳树林里，成为他们勾肩搭背拥抱接吻的乐园。听母亲唠叨，他们准备过了年就办喜事。为此，母亲心里一万个不痛快。母亲封建地以为，太快了，跟放卫星似的，至少还应该再处上一段时间。

姐姐突然不去河北，令母亲惊奇不已的同时，又让她多少有点儿得意。只是慌了刘大壮，这个我未来的姐夫，三天两头越过涡河三桥，在漆黑一团的夜里学温柔的猫叫。姐姐不仅不出去，而且仿佛无动于衷。

姐姐告诉我，他不是好人，少跟他来往和接触。我那时正在读初中，刘大壮会如期守候在我放学的路口，用十块或二十块钱买我给姐姐捎话。姐姐抚摸着我刚理过的平头，眼睛里充满悲伤的感情，姐姐自言自语，简直不可思议！

只是我越来越觉得姐姐简直不可思议了。姐姐学唱歌，学跳舞，还学会吸烟。母亲越来越反感，与姐姐交谈的语言十分尖利。她们常常刚坐下来，桌子上的茶杯还烟雾弥漫，就开始吵起来。母亲说，死在外面多好，省得我们娘俩操心。母亲显然已将我纳入她的行列，把与姐姐的对峙变成绝对胜利的二比一。姐姐摔门而出，继续唱歌。跳舞。吸烟。喝酒。有一次，我居然在人来人往的梦蝶广场，看到姐姐摇头晃脑如痴如醉。

我心想，姐姐不应该当人民教师，做传道授业解惑的工作。应该去做伴舞，陪酒，甚至妓女。

姐姐的自暴自弃缘于什么？难道是涡河三桥的那次交通事

故？很明显，姐姐的人生转折就是从那次事故开始的。但是，那次事故怎么能跟姐姐扯上瓜葛？没道理啊，我百思不得其解。那么，是刘大壮？

暑假的时候，我利用两天的时间，秘密做过一次调查。调查结果表明，刘大壮确实出事了。事情是这样的，那天晚上，刘大壮喝醉了酒，错误地溜进了一个初中女同学家里。也就是那个黑暗的夜晚，他女同学的丈夫因为飙车而葬身于涡河三桥。

刘大壮在姐姐这里碰钉子后，辞去单位会计的肥缺毅然南下，带一帮家乡的老少爷们搞城市拆迁去了。

我试图接近姐姐，把我调查的情况和我对她的深度理解说清楚。而姐姐冲母亲翻白眼的同时，也开始冲我翻着无休无止的白眼。姐姐翻白眼的样子十分丑陋，丑陋得如一只即将断气的鸡。我时常丧失信心地想，与姐姐的关系也许此生无法弥合了。

与大多数的同学一样，经历过上大学，毕业，再失业的过程，我扛起包袱加入南下的队伍。

我挥汗如雨拼命工作，期待有朝一日在肮脏的泥土里，能够发出金子般的光芒。

刘大壮就是在这个时候出现的。那会儿，工地上所有的人都叫他刘总。他西装革履，神采奕奕，气宇轩昂，俨然指点江山的领袖。我一眼就认出他了，我姐姐的前男友。在他眼里多如蚂蚁的人群里，他无论如何也不会认出我来的，尽管我是他前女友唯一的弟弟。

经过激烈的思想斗争，我终于鼓足勇气，在一个适当的机会，主动上前说起了我亲爱的姐姐。难以预料的是，他突然张开宽大的胸怀，将一身臭汗的我紧紧抱住。

从此，我跟刘大壮形影不离。

姐姐由于吸毒，贩毒，入狱七年。

◀ 一根长头发

从涡河上岸的船家，一般都如饥似渴。上了岸，理发、桑拿、按摩，甚至搞点夫妻之外的刺激，再正常不过了。

一趟船出去，少则三月二月，多则一年半载才能回来。如果运气不好，碰上大风大浪，鲜活的生命喂鱼喂虾都有可能。

所以，上了涡河码头，卖吃的喝的用的一应俱全，自成一个市场。只要船一靠岸，高亢的叫卖声和热情的揽客声不绝于耳。那个时候，码头如重新沸腾的一锅开水，几乎把每个人的心搞得很热。

只有郭老大是个例外。郭老大表情严肃地把船锚好，表情严肃地上岸，表情严肃地走过沸腾的码头，然后表情严肃地消失在柳树林的尽头。

郭老大上岸只为了补充给养。买米。买面。买油。买酒。买烟。这些工作，是郭老大上岸后的固定程序。郭老大之所以上岸程序性地工作，是因为一旦上了船，仍然要经过时间岁月的痛苦煎熬。

做好这些工作，郭老大会全神投入地看一眼横贯南北的庄子大桥，以及散落在大桥上的美丽夕阳。夕阳如漆，将整个涡河粉刷得色彩斑斓。此时此刻，郭老大内心充满幸福地感受生活的无比美好，美好得甚至令自己头晕目眩。是啊，郭老大从小就没了爹娘，上船只是为了混口饭吃。没想到，从上船那一天开始，郭老大的命运就发生了意想不到的变化。从小工开始，到掌舵，到船长，到最后完全拥有自己的货船。三十岁前的那个夏天，郭老大还拥有了自己的第一段婚姻。

郭老大开始喝酒，酒桌右上角放一把精致的紫砂壶，壶里铁观世音的气息袅袅升腾。码头上机器隆隆，人声鼎沸，等船上装满煤，郭老大即将进行人生的又一次航行。

妮子的叫声就是在这会儿响起的。妮子说，郭老大，你过来一下。郭老大忘情在酒中，边喝边回，有事吗？妮子的叫声就有些尖刻了，过来！现在就过来！显然，妮子已经把郭老大三个字轻易省略了。

郭老大过去后，一根湿漉漉的长头发摆在郭老大的面前。

妮子瞪圆了眼，厉声问，哪来的？郭老大在想一根长头发是什么意思？妮子是什么意思？嘴里说，什么意思？我也不知道是从哪里来的。

妮子狠狠地给郭老大一个响亮的耳光。之后，妮子双手捂住脸，杀猪似的嚎叫起来。

妮子的嚎叫是有理由的，而且理由相当充分。当初，郭老大就是因为一根长头发与前妻分道扬镳的。

关于一根长头发与前妻的故事，还是郭老大告诉妮子的。与妮子见面的头一回，郭老大就表白了一根长头发的冤屈。郭老大表情严肃地说，没有的事，绝对没有的事，我可以拿人格担保，绝对是她冤枉了我。郭老大给妮子说的她，就是郭老大的前妻。妮子态度出奇地好，妮子温柔地告诉郭老大，我一眼就看出你是个老实人，不会做那伤天害理事的。再说了，那都是过去的事了，我不在乎。

就凭这一点，郭老大感激涕零。妮子进了门，他把所有的积蓄全交给了她，并且将船主的姓名也改成了妮子。

郭老大不理解，十分不理解，妮子怎么突然出尔反尔疑神疑鬼了呢？

妮子的嚎叫随着夜幕的降临，在波光粼粼的河道里孤独地游走。

郭老大心头的无名火越烧越旺。他拍头挠脑袋，也没想到妮子怎么会这样胡搅蛮缠。

郭老大边想边烧火边开船。两岸青色掠过，灯火璀璨，黑暗中一块块一望无际的田野被郭老大无情地甩在脑后。

快入淮河的时候，出大事了。船撞到立有禹王塔的岛礁上。

禹王塔是为了纪念大禹治水设立的，据说已经有数百年的历史了。数百年来，禹王塔矗立在涡水淮水的交界处，很少发生撞船的事故。

却让郭老大摊上了。郭老大毁了自己的船不说，也把自己的命毁了。若不是抢险及时，妮子肯定也会葬身涡河。

一位航运专家不停奔走呼吁，当地政府决定迁塔炸礁。

涡河水从此一泻千里，如一匹咆哮的战马，迅速消失在茫茫的淮河之中。

若干年后，涡河水位急剧下降。从这里到亳州，一直到河南境内，河道日渐狭窄，多处出现断流现象。

据说，水利专家们正在夜以继日地论证，涡河改道的可行性。

种在城里的麦子

◀ 守 护

　　每到周末，我几乎都会经过这里。

　　眼前是一条东去的河流，来往的货船打破了时光的平静。

　　沿北岸往西，大约一公里，住着一位老人。每个没有特殊情况的周末，我都会去探望她。

　　车子停在路边小吃店的旁边。当然，我没忘记嘱咐店主帮我照看一下。每次，我都会从小吃店买些老人爱吃的食物，权且算作看车的回报吧。

　　去往老人住处的小道不宽，相向而行的两个人要侧身而过。但这条小道，是我探望老人的必经之路。我拎着手提袋，一不小心，旁逸而出的荆条，会刺破衣物。

　　走到一个拐弯处，一声呜咽从浅草里蓦然升起。收住脚步，仔细一瞅，一条小狗匍匐在那里。小狗个头不大，皮毛黑灰，身上沾满草屑与灰尘。它回头看我一眼，眼睛里布满浓郁的忧伤，没有风干的眼泪，挂在眼角。

显然，它对我没有任何的防备。我向前跨了一小步，问候它，你好！它再呜咽一声。本想蹲下来，抚摸一下它的头部或者身体，可是它太脏了，伸出去的手又退了回来。

　　我放下手提袋子，从里面掏出一块卤肉，卤肉余温犹存，散发着诱人的醇香。它伸出舌头，舔了舔嘴唇，动了动身体，又把目光投向波光粼粼的河面。河面上有一只不知名的鸟，从空中沉下来，眼看就要掉到水里，却迅疾地拉起来，掬起一朵朵浪花。我以为它像我一样，被眼前的场景惊呆了，忽略了对美食的欲望。当那只鸟飞得无影无踪时，它依然倔强地看着河面的那个方向。

　　哼！这个不知好歹的东西！我把卤肉扔在草丛里，心里说，爱吃不吃！

　　老人的身体一直不太好。此时的季节，从河面上吹过来的风，湿而凉。

　　给老人洗了头，做了饭，再把食物和药品放在老人容易找到的地方。这个周末，我的心才能彻底放松下来。

　　回来路过那个拐弯处，小狗依然趴在那里，偶尔发出呜咽的叫声。草丛中的那片卤肉，爬满了蚂蚁，几个个大的家伙，企图撼动，劲儿却不往一处使。我在心里说，啧啧，这个狗东西，难道不饿吗？

　　喂喂，小东西，你难道不饿吗？实在忍不住，我自作多情地说了句。

　　它回过头，伸了伸舌头，又把头扭过去。它的肚皮瘪了，像个放了气的皮球。

关我屁事！转身离去时，我在心里责怪自己。多年来的起起落落，让我舍弃了许多恼人的闲心。

一个矮胖妇人，骑着电动车从对面奔过来。我侧身让开，她到我跟前，却刹了闸，开口粗声粗气地问，大哥，看到一条灰黑的狗吗？我结巴着，狗……狗，似乎在记忆里寻找她说的狗，其实内心在鄙视她，谁是你大哥，我有那么老吗？

我用手指了指身后，继续往前走。她在我的背影里，连说了两句谢谢啊！

第二个周末，又遇到了那个女人，依然骑着电动车，还是那身打扮。她在我跟前停下时，我一眼就认出了她。

她扯了扯嘴角，说，大哥，小狗死了。她语气哀怨，目光迷离，转脸盯着流动的河面。

不知道她为什么要告诉我这件事？

大哥，感谢你给它留下食物，可是它没吃。女人伸出一只涂了黑色颜料的手，抹了抹眼睛。

我留下的那片卤肉，估计让蚂蚁吃光了。而她又是怎么知道的呢？我在心里问自己，并没有追问她，实在是一个无关紧要的问题。

可惜了。我说。

她告诉我这样一个故事。

一年前，她丈夫巡河，触到捕鱼者私投的电网，死在河里。小狗是丈夫捡来的，平时跟丈夫形影不离。为了不让它乱跑，把它锁在楼梯间里。有一天，它从窗户翻出去，摔断了腿。那些日子，不论刮风下雨，还是阴晴圆缺，它都拖着一条残腿，爬到岸边，趴到草丛里，对着河面呜咽流泪。

我的心跳加速，好像爬坡的机器。大姐，别难过，它是一个有情有义的狗，你应该高兴才是啊，我安慰她说。转过脸，我的泪滴挂不住，落到灰尘里。

我把老人从河岸边背出来，接住到城里的家里。

小时候，爸妈走得早，我是吃着老人的奶长大的。

我喊她妈妈。慢慢地，我的爱人，也喊她妈妈。

◀ 有出息的人

　　妈妈出走时，是个仲春。阳光金沙一样从天上铺下来。妈妈带小小吃了肯德基、汉堡、薯条、鸡米花，喝了可口可乐。小小喜欢这些东西，做梦都流了口水。爸爸从不带她来，妈妈也不经常。小小打着饱嗝，高兴得像小鸟，一头飞进金沙一样的阳光里。

　　妈妈送小小到了楼下，不再往楼上走。她抬头望了一眼空中，慢慢蹲下来，双手抚着小小的头，揉着小小的脸。小小啊，你要向妈妈保证，今后要好好学习，做个有出息的人，不能像他！妈妈把一个他字咬得很重，似乎在嚼一块生铁。小小知道妈妈说的是爸爸。妈妈当着爸爸的面，也这样狠狠地说他。小小那天觉得妈妈怪怪的，怎么不回家？还说这样无厘头的话儿。小小拽住妈妈的一只胳膊摇啊摇，她不知道是冲妈妈点头，还是摇头？

　　妈妈掰开小小的手，向空中骂了句，没出息！一步一脚消失在小区的树行里。小小的嘴巴变了形，声音却没有跑出来，眼眶里的两颗珠子，被阳光映射得亮晶晶的。

爸爸喝醉了，半卧在沙发里，一只脚伸到靠背上。残存剩菜的餐桌上，飞着一个苍蝇，像轰炸机一样嗡嗡作响。电视没有关，身材姣好的模特，在里面来来回回地搔首弄姿。

小小走过去，关掉电视，爸爸睁开惺忪的眼睛。他总是这样。小小不需要喊他，喊也喊不醒。只要一关掉电视，他就会自动醒过来。

爸爸嘴里喷着酸腐的酒味儿，问小小，妈妈呢？

小小没有回答，哭着跑到房间里。房门紧闭，挤出来她更加凌厉的哭声。

那时还没有手机，即便有，小小家也没有。

一天，两天，三天过去了。妈妈没有回家。小小的眼泪哭干了。问爸爸，妈妈呢？

爸爸嘴里依然喷着酒气，迷瞪了大半天，慢慢说，走了。

妈妈为什么走？走多长时间？什么时候回来？在小小的脑海里，有许多关于妈妈的问题。

小小恨爸爸，她在心里说，没出息！有时候，她也用眼睛说，用身体说，没出息！可是她的爸爸，总是糊里糊涂。

上了学的小小，成绩名列前茅。她暗暗发誓，一定要做个有出息的人！

爸爸喝醉酒，摔倒在地板上，头上流着血。小小抱着爸爸的头，边擦血，边喊着妈妈。妈妈，你在哪里啊！

趁着爸爸没有喝醉，她央求他，出去找找妈妈吧。爸爸先叹气，后摇头。小小赌气，你不去，我去！小小刚转身，爸爸便拽住她。

孩子，你知道妈妈去了哪里？你到哪里去找她？这个问题把小小问住了，她去哪里找妈妈？她在心里也这样问过自己。

在小小成长的日子里，妈妈就像空气一样，虚无缥缈，若有若无。

狠心的人！不！没有出息的人！她用妈妈对爸爸的语气和神态，痛恨着妈妈。

小小做过一个奇怪的梦，妈妈被一只老鹰叼走了。那只老鹰体形巨大，两翼扇动，伸出一只脚，轻轻就把妈妈拎了起来。妈妈大喊，小小救我！小小坐在地上，看着老鹰慢慢升空，呵呵地笑了。小小从梦中醒来，觉得这个梦怪有意思的，呵呵呵。

爸爸查出病，胃癌晚期。

小小读高三，正是冲刺高考的关键时期。

爸爸戒了酒，饭也吃得艰难。身体一天天消瘦，似乎刮一阵风，便可以把他吹倒。

爸爸递给她一个纸条，上面写着一行数字。爸爸告诉小小，找你妈妈吧。

小小拧着腰，嘴里说，不！

爸爸盯住小小的眼睛，慢慢说，小小啊，有件事儿，爸爸瞒着你。其实，你妈妈不是亲妈妈。

生小小时难产，亲妈妈没保住。妈妈跟亲妈妈是闺蜜，看小小可怜，经常照看他们父女。

爸爸说出了秘密，还拿出当年他们的结婚照。亲妈妈真漂亮，两条大辫子，吊在胸前，油黑发亮。跟她记忆中的妈妈，一点都不像。

爸爸一直生活在痛苦中，活成一个没有出息的人。

爸爸怎么弄到妈妈的电话，小小没问。当然，小小也没有打那个电话，她衷心祈愿妈妈现在过得很好。

送走爸爸，靠着他留下的那笔抚恤金，小小上了大学。

小小暗暗发誓，此生一定要做个有出息的人。为了爸爸，为了自己，也为了不是亲妈妈的妈妈。

◀ 春天里

马上就要回城了。

妻子照顾卧床的岳父时，不慎摔碎股骨。驻村一年多来，这是马小明遭遇到的，最至暗的时刻。

马小明脑海里，闪现出瘸叔颠簸的身影。

把包裹从肩头放下来，扯了扯褶皱的衣领，他一头扎进阳光里。

春天的阳光，好得不得了。树叶在风中摇摆，油光发亮。

那只叫黄黄的土狗，从村路的东头，一直跟在他身后，摇着旗一样的尾巴。偶尔叫两声，引来鸡鸭鹅们跟着起哄。马小明回过头，想把这个捣乱的家伙哄走。可是，几次的努力，都以失败而告终。直到他一脚迈进瘸叔的院子，才将它关在外面。

院子足有三分地，空旷寂静。瘸叔的儿女们，一个个像小鸟一样飞远了。瘸叔闲不住，开了一个菜园。春天来了，韭菜吸足了阳光和水分，一天一个模样。

马小明叫一声瘸叔，没有回音，他再叫了一声瘸叔啊，韭菜地里，传来压抑的咳嗽声。

瘸叔的一条腿，跪在地里，身后是一串湿漉漉的脚印。

马小明心头一紧，知道瘸叔的关节炎病又发作了。他一脚踏进菜园，皮鞋陷进去半截。刚下过一场透泄雨，菜地里的水没有浸下去。瘸叔吐一口痰，吼一句，回去！

要在平时，马小明一定会被瘸叔的吼声吓住。今天不行，瘸叔站起来都困难。

从菜园里出来，瘸叔一身泥，马小明也一身泥。瘸叔说，何必呢？马小明笑了笑，没有何必，只有缘分。瘸叔咧了咧嘴，一脸褶子层层叠叠。

不得不说，马小明跟瘸叔的缘分，似乎来自先天。

去年，马小明刚进村子，遇到一条恶狗。它撕碎了马小明的裤脚，拽着马小明的小腿，试图拖进村头的壕沟里。瘸叔手执一柄钢叉，将狗肠子都挑了出来。狗主人嚷嚷着赔狗，瘸叔带血的钢叉插到泥土里，大吼一声，敢！

在这个叫大王村的村子，真没有敢跟瘸叔叫板的。五十多年前，人工开挖茨淮新河，瘸叔是大队长，管着一个连队的民工。他的关节炎，就是那时候留下的病根。

驻村之前，马小明是县保健院的一名医生。申请书上，他曾这样写道：我是一名医生，消除疾病是我的天职，更是振兴乡村的根本保障。进村之后，他着手摸排全村群众的健康状况，笔记记了一大本。

马小明把瘸叔的一条腿抱在怀里，掐捏推拿，收缩伸张。瘸叔的呻吟声慢慢变小了，脸部的表情趋于平静。他想告诉瘸叔，自己马上要走了。张了张嘴，却没有说出口。

盯着瘸叔沟沟坎坎的脸庞，他郑重地说，这次您要听我的，必须住院治疗。上次给瘸叔检查，老人家的心脏跳得太快。

住啥子院？土推到脖子的人！瘸叔眯着眼，盯着南移的太阳。

马小明移开瘸叔的腿，突然站了起来，说，不行！这次您必须住院，必须听我的。马小明掐着腰，气哼哼的，您的心脏随时都可能……

可能什么？瘸叔收回目光，盯到马小明拧紧的眉毛里。朝夕相处，他比了解自己的儿女们，更清楚马小明。

马小明额头的蚯蚓，来回滚动。他不想跟这个倔老头说话，只想用肢体表达愤怒。

手机一串水滴声，显示大人的信息：回来！签字！大人，是马小明对妻子的昵称。

大人在催他回去离婚。马小明知道，处理不好这件事，将愧对栽培自己的岳父，和曾经深爱自己的妻子。

半个月前，组织了解到他的实际困难，将他替换了下来。

这里有两千多名群众，还有危在旦夕的瘸叔。马小明的心，怎么能放得下？

马小明将笔记本交给接班人，嘱咐他千万要注意这些人。

接班人是个小伙子，指头摁着手机，嘴角的绒毛清晰可见。马小明的心头，涌起一股难以名状的哀愁。

当天夜里，马小明接到小伙子的电话，120 急救车把瘸叔拉到医院了。

马小明赶到医院时，小伙子在走廊里徘徊。他边摁手机，边告诉马小明，马队长，瘸叔没事，脱离危险了。

马小明笑了笑，想叮咛小伙子几句。而他没有说，只把一只手，重重地按在他的肩头。

东方露出了金色，美好的一天又开始了。

◀ 烂酒的人

　　母亲冲破重重阻力，铁了心跟父亲结合，就是相中他不吸烟不喝酒。可以换个角度说，日子并不宽裕、长相也不出众的父亲，由于没有不良嗜好，才赢得了母亲的芳心。老家堂屋东墙的镜框里，挂着两个人放大的黑白结婚照，母亲的手臂挎着父亲，一幅喧宾夺主的洋洋自得。

　　父亲在村子里却不待见。往往，男人们讥讽他像个娘们。在他远去的背影里，女人们则从嘻嘻哈哈的玩笑中抖出这样的笑料：大老爷们，有几个不吸烟不喝酒的哟！

　　说的是，掰着脚趾头数数看吧，从村东数到村西，再从西村数到东村，除了看不见太阳和月亮的刘瞎子，便是父亲了。

　　这样的局面，母亲做梦也没有想到。

　　渐渐地，父亲端起了酒杯，细细抿一口，哎呀，一条火蛇窜到肚子里，怎么吐也吐不出来，吐着吐着，眼泪吐了出来。

　　笑声一浪高过一浪，一片连着一片。甚至，有的人笑弯了腰，一时半时捋不直，走路都歪歪扭扭的。

母亲转过身，双手捂着脸，从指缝里钻出来的，竟然是打嗝一样的笑声。

撺掇的人仍不罢休，生怕闹剧不够刺激。点上一支烟，塞到父亲嘴里，说，吸一口，赶紧吸上一口，眼泪马上就回去了。

两缕青烟从父亲的鼻孔里袅袅升起，慢慢融化。头顶上，蓝天白云。蓝天的蓝，白云的白。

此情此景，是我出生一年前的一幕。那时，父母婚配已经三年，母亲那边并没有动静，依然保持着苗条的身段。父亲喝酒吸烟后，母亲的肚皮小山一样地鼓起来。这件怪事儿，以一传十十传百的速度扩散，最终演变为茶余饭后永不过时的冷幽默。

我出生后，父亲把烟彻底戒了。他的烟瘾不大，可有可无。当然，母亲的劝导与他的自觉起到了作用。为了我的健康成长，他愿意放弃一切，何况烟乎。

之于酒，他的认知发生了巨大的反转。大老爷们，哪能不喝点酒？母亲每次规劝或者制止他时，他总是把这几个词语，玩得溜溜转。

父亲喝酒时，脸庞像天空一样变幻着。先红后紫，后由紫变白，再由白渐黑，跟川剧里的变脸大有一拼。父亲的酒量与日俱增，达到了一个纯爷们可以夸下海口，牛皮漫天飞舞的程度。

村子里遇到红白喜事，正是男人们疯狂张扬的时候。他们干着粗活、重活和脏活，把各种杂事、琐事与难事干得利索。事后，东家要摆上几桌。酒桌上，免不了来一番比拼和较量。

酒酣耳热之际，母亲毅然出现在村路上，脚下带着风，直接跳到桌前，伸出一只手，牢牢地捉住父亲的耳朵，像钓黄鳝一样，把他从人堆里拽出来。

父亲发出痛苦的呻吟，嘴里常常说，不喝了，不喝了。但有一次，父亲实在受不住别人的挖苦和讥笑，掰开母亲的手，突然把她掀翻在地。

母亲从地上爬起来，抹一把嘴角的血沫儿，往地上吐一浓痰，恶狠狠地骂道，烂酒的人！

之后的时光里，母亲只要一说烂酒的人，便知道她说的是父亲。烂酒的人，似乎成了父亲的代名词，不！简直是名字。除了户口上的那三个日渐陌生的字眼，他没有第三个称谓。

一场春雨，润物无声，正是给小麦施肥的大好时机。

母亲把拴着羊的一根绳，递到父亲手里，告诉他抓紧赶个集，换几袋化肥，地里的麦子饿着呢。

父亲卖了羊，进了酒馆，把钱换成酒，灌到肚子里。傍晚时分，又下起了毛毛雨，父亲跌跌撞撞进了家门。

麦子长成啥样，可想而知。母亲说，烂酒的人，真丢人！

到了收麦时，母亲丢了。具体去了哪里？无人知晓。只记得母亲临走时，把我拉到院子外面，摸着我一顶茂密的头发，说，孩子，别学烂酒的人！转身三步两脚，消失到苍茫的夜色里。漆黑的夜晚，狗叫，鸡叫，鸭叫，鹅叫，相继响起，此起彼伏。愣怔了一会儿，我的哭声混迹到那片复杂的声音里。

那一年，我六岁半。

母亲说得对，父亲越来越没有出息，时常没有由头地喝醉，把秽物弄到地板上。整个院子，弥漫着腐朽的气息。偶尔过来串门的狗，抽动几下鼻子，悻悻离去。

父亲查出了病，肝癌晚期。得知消息的母亲，才从打工的南方回来。

父亲张开起皮的嘴唇，轻轻对母亲说，对不起！插进鼻孔的氧气管，微微晃动。

母亲嘴角撇了撇，随后叹了一口气，她没有说父亲是个烂酒的人。

母亲塞给我一把钱，嘱咐我卖酒卖菜。我说，不！他是个没有出息的人！母亲望了一眼扭曲在床的父亲，双手把我推出了门。

酒是好酒，菜是好菜。母亲把好酒好菜摆在父亲的床头，轻轻说，小淘，吃点喝点吧。

哦，父亲姓马，户口簿上的名字叫马大帅。

父亲的喉结上下滚动，一下，两下，三下……终于，停了下来。他摇了摇头，从鼻腔里跑出死亡的气息。

小淘，是父亲的小名。文雅一点说，乳名。

没出息的人！我在心里说。说谁？父亲，母亲，自己，不清楚。

我仰起头，甩到一边，泪珠儿摔到墙上，似乎发出刺耳的撞击声。

◀ 摘把星星送给你

　　暑假作业写完了，眼看到了开学的日子，母亲还是没有做一顿像样的吃食。

　　之前，母亲不止一次地许下诺言，孩子，好好写作业，妈给你做顿好吃的。

　　做什么好吃的呢？我挠着脑袋，把一头的雪花挠得满院子飞，也只想到过年的老三样：冻豆腐、焦馓子和绿豆丸子。

　　母亲迟迟不做好吃的，似乎跟日子闹着别扭。等的好烦心，便问母亲。母亲把一颗坏了一半的青菜，扔给在院子里叫饿的大鹅，转身翻着白眼，露出一口黄牙说，快了快了。母亲的白眼真好看，跟明晃晃的太阳一样有魅力。

　　其实，我根本不想写什么狗屁作业，只想跟伙伴们在一块疯、在一块玩。

　　伙伴们玩得真开心，疯得有品位。他们下河洗澡，上树掏鸟，连睡在树荫下纳凉的小病狗，也要用木棍捣一捣。田野里，蝴蝶啊、蜻蜓啊、咕咕叫的蛤蟆，都比枯燥的语文和数学有趣的多得多。

母亲嘴里说得好吃的，到底在哪儿呢？

太阳滚落到西边的壕沟里，一会儿便见不到影子，天空即刻暗下来，渐渐又明亮起来。一个又一个的星星们，眨巴着迷人的小眼睛，似乎刚刚睡醒，准备闹吃的小娃娃。

热闹在墙头外面吹着口哨，黑蛋猫在树林里学着小狗叫……我自然知道，他们在邀我到晒场上玩水炮。

母亲在锅屋里忙活，灶膛里升起旺盛的柴火，铁锅里的开水沸腾起来。趁她埋在一片迷蒙的雾气里，我悄悄合上书本，向他们远去的声音追去。

老天爷一个多月没流一滴泪了，只用满天的星星填补干涸的日子。池塘的底泥露出来，开了裂，鸭子在岸上拍着翅膀干嚷嚷。没有水，怎么打水炮仗呢？愁死人哩。

天上的星星密密麻麻，像撒在案板上的白芝麻。热闹说，咱们数星星吧，看谁数得多。

好哇好哇，我们高兴得蹦起来，青蛙一样咕咕叫。似乎再蹦得高一些，就能摘下一大把眨眼的星星。

伙伴们把天空划成几大块，谁谁数这一块，谁谁谁数那一块。数快数慢，都不允许偷数别人的那一块。

数啊数，数啊数，眼睛瞅疼了，指头也点到酸。怎么这么多的星星？怎么能数得过来哟。

母亲的一只手，冷不丁从黑暗处伸过来，揪住我的耳朵，把我拽到晒场边的小道上。

我疼得嗷嗷叫，母亲却小声训斥，小声点，别让他们听见，我做了好吃的。

我不再作声，忘记了疼，一路小跑，跟母亲回了家。

母亲掀开锅盖，一股浓浓的饭香扑面而来。我猛抽了几下鼻子，生怕那香味浪费到空气中。

母亲做了白面条，青青的几片菜叶飘在上面。咦，真香啊，过年也吃不到的好东西哩。

我捧着碗，来到院子里，舍不得吃下第一口，只用尖尖的鼻子，在碗沿处使劲抽啊抽。一抬头，看到天上无数个眨眼的星星。心想，它们这些馋家伙，会不会掉在碗里，抢吃我的白面条呢？

大鹅晃荡着白白的身子，小跑着冲过来。接着是鸡和鸭，等小黑狗龇牙咧嘴凶起来，它们才知趣地闪开一条缝。我把碗举过头顶，真的害怕它们这些贪吃的畜生。

母亲半蹲在院子里，挑一筷子白面条甩出去，白白的面条落在明晃晃的硬地上。鸡跑过去，鸭跑过去，大鹅要多笨有多笨，等它跑过去的时候，面条不见了，都拱进鸡鸭的肚子里。母亲觉得不忍心，又挑起一筷子白面条甩出去。狗一步登先，用强势的声音和动作，统统把它们一个个都挡在身外。

铁锅里并没有多余的面条。此时，母亲为什么这么慷慨大方呢？

正想着这个问题，母亲向我走过来，一把夺下我手中的碗，将一碗白白的面条，倒扣在明晃晃的地面上。

由不得自己，我哇哇哇地哭起来，好像死了父亲。那一碗白白的面条，我只闻了闻，一口还没舍得吃哩。

我滚到地上哭，拧在母亲怀里哭，睡倒床上哭。不知哭睡了多少颗眨眼的星星，我也睡着了。

第二天醒来，母亲坐在床边，眼睛红肿，眼角风干的泪痕还没有擦净。见我睁开眼睛，母亲慌了眼神，她将了将顺到脸颊上的几根乱发。说，孩子，别怪妈，面条不能吃，面霉了。白面准备过年用的，袋口没扎牢，进了空气，还钻进去老鼠，留下几粒黑色的干屎粒。

我听不懂母亲的话儿，心里想，狗、鸡、鸭，还有白鹅怎么可以吃？

母亲说，孩子，晚上妈妈给你摘把星星吧。

我的脑海里，闪现出满天的繁星。妈妈真的能够摘到星星吗？

我咧开嘴，笑了笑。

母亲也咧开嘴，笑了笑。一丝愁容，不经意间，从眼角爬到额头，蛰伏在她的眉宇里。

◀ 种在城里的麦子

　　小小打工的薄利餐厅旁边，是一个不大的街心公园。公园的四个角，皆垒着一块四方的小花坛。花坛里栽着月季，红的、粉的、黄的、白的，煞是耀眼。只是品种老了，开出的花朵小，萎缩得也快。有一天，开过来一辆小挖机，三下二下，连根拔起。

　　在这里锻炼的人，伸展着胳膊腿，说好啊好，换一换更好。日子一天天随风而逝，眼看到了深秋，花坛里依然空空如也。偶尔有几只流浪猫，跑到里面拉屎撒尿，弄得人心情坏坏的。

　　小小也看到这一切，并没有那么坏的坏心情，只是觉得太可惜了。在乡下，每一寸土地都是金贵的，要么种庄稼，要么种蔬菜，再不济也要栽棵果树，哪能让它白白浪费掉呢！

　　刚下过一场雨，花坛里的泥土泛着油光，小小看得出神。老板阿菊拍了拍小小的肩膀，嘻嘻笑，小小啊，想对象了吧。小小脸庞立马升起朝霞，头摇得像拨浪鼓。对象在上海打工，一年才能见上一面。小小嘴里说不想，心里却痒着哩，猫抓的似的。

想遥远的他，不实用，小小在想花坛里能种些啥？想着想着，想到了妈妈给她装的那一小袋麦籽。临出来的时候，妈妈舍不得，扯着她的胳膊摇啊摇，小小啊，要想家，就摸摸这袋麦籽。麦籽是妈妈留下做种的，粒粒饱满瓷实。小布袋里装着，塞在行李包里。每每想家时，小小就把它从包裹里取出来，瞅啊瞅，好像细眼里的妈妈。

趁着夜色，小小松了土，把麦籽均匀地撒到花坛里。

一天，两天，三天过去了。每一天，小小都移步过来，瞅啊瞅。第一天，潮湿的泥土在阳光下泛了白头；第二天，土层更白了，深处湿漉漉的；第三天，小小由不得自己，将一根手指插到土层里。心想，坏了，动了麦根，怎么得了啊。等到第五天，小小发现，土层里钻出嫩黄的芽尖。小小激动得来回转，忘了手里收的碗，咣当掉在地上，摔成了碎片。小小吓坏了，慌忙弯腰捡，不小心扎了手，指头渗出殷红的血。小小低着头，发出蚊子一样的声音，我赔。阿菊扯了扯嘴角，差点儿扯出来眼泪。她觉得小小是个有情有义的好孩子，打心眼里喜欢，不可能让她赔，区区一个碗算什么！

又下了一场雨，麦苗吐出了两三片叶子。风有点硬，麦苗更绿了。慢慢地，麦苗绿了一片。阳光下，绿油油的，有点涨眼哩。

小小想，要能施点肥更好了。小小清楚，花坛里的肥不肥，长花不一定长庄稼。可是，上哪儿弄肥料呢？小小的眉毛拧在了一起。

小小找来一个水桶，从三里开外的泥塘，拎来一桶脏水。小小更清楚，餐厅里的废水油腻，肥不了田，搞不好还烧根。餐厅里师傅不知道，将废水倒掉了，小小跟他吵了一架。夜里，小小做了个梦，她把一桶废水，泼到师傅的被窝里。醒来想，真是罪过。

走过路过的人，发现了那个花坛里的麦苗儿，很惊奇地扭过头，恋恋不舍地盯着瞅啊瞅。小小看到，有个高个子男人，用手机拍了照之后，兴奋对前面同样高个子的女人说，麦子麦子，过来看。女人叫麦子，还是看麦子，小小不知道。小小心里乐开了花，满满的成就感。

还有一天，一个戴着棉帽子围着围巾的老人，手里牵着一个孩子过来，对孩子说，乖孙子，这就是麦子。孩子瞪大眼睛问，爷爷，什么是麦子？麦子是干什么用的？这里怎么会长麦子啊？

爷爷怎么回答的孙子，小小没听见，一个客人嚷嚷要开水。小小的眉眼间依然荡漾着笑意，这些问题太简单了，等会儿，亲口告诉那个可爱的小家伙。

等小小转身出来，爷孙俩已经走开了。小小从鼻孔里叹了气，心里像藏下一根针。

下雪了，小小高兴得不得了。妈妈常说，麦盖一床被，来年搂着馒头睡。说的就是这个事儿。城里的雪，下得小，化得快，跟人的脸一样，说变就变。

春天说来就来了。

一辆小挖机轰隆隆开过来，三抓两抓，把麦子抓没了。花坛里铺了一层草皮，绿得有点假。小小在隆隆的轰鸣声中，听到驾驶员在对讲机里说，好的好的，不耽误明天省里的检查。

小小蜷曲在被窝里，起不来，出冷，发热。

阿菊抚摸着小小的额头，眼眶里渐渐湿润了。

过两天，小小辞了职。

阿菊订了高铁票，送她到高铁站。阿菊说，小小，想姐了，再回来。

小小使劲地点着头，再点着头，一股股热流从胸腔里直往上涌。

种在城里的麦子

◀ 肉　人

这里说的肉，不是一般意义上的肉。说的是一个人，确切地说，说一个人的性格，特别特别的蔫儿。

比如，我妈说我爸，肉！真肉！肉死个人！我妈说着说着，随着时间和空间的变换，肢体语言也跟着进一步升级。她老人家先是点一根指头到空气里，然后不由自主地跳起来，再然后两个手掌很有节奏感地拍到自己的大腿上。村子里的鸡鸭鹅乃至狗这些畜生们，都被我妈的话语和动作吓惊了，它们跟着悲伤地鸣叫着，发布着大难即将临头的预警消息。

现在回忆起来，我妈当初喜欢上我爸，可能还是因为他肉，是个老实人，做事认真细致，不急于求成，难以受到外界干扰。可不是吗，俗话说山难改性难移，我爸生性肉，先天性的，自娘胎里带来的，怎么可能改变呢。

时间倒翻到三十二年前的那个春天，天气好得不得了，成群结队的蜜蜂在我妈院子里的枣树上采蜜。枣树细小的叶片间，开满星星一样细碎的小花。空气中，弥漫着既青涩又甜蜜的味道。

我爸此时骑着半旧的大杠自行车，在坑洼不平的村路上颠簸，口中吆喝道，打家具喽，打家具！

我妈听到吆喝声，旋风一样出了门，冲我爸招手，打家具的，这边……这边来。我妈要打一个五斗橱和一张案板。木料现成的，去年秋天放倒的一棵柳树，经过一个冬天和半个春天的水沤和晾晒，完全具备打家具的先决条件。

我爸瞅瞅了木料，说了句，好料啊！之后，再没有跟我妈多说一句话儿，他埋下身子，眼力和精力钉子一样钻到家具里。我爸用手中的钢具和刨子，把木屑和刨花弄得蜜蜂一样满院子飞舞。

短暂的日子里，我妈的眼神，几乎没有离开那些变了形状的木料和我爸。开始，她有监督我爸的意思，生怕他浪费了她的好料。慢慢地，意思里多了另外一个意思，这个小伙子蛮能干的。我爸那时还是个没结婚的小伙子，不仅能干，模样也周正，个头也不矮。我妈的意思，再明白不过了。

我爸给我妈打的家具，好看又耐用，我妈见人就夸。夸着夸着，由不得做起了推销工作。还别说，我妈那个村子的家具，大多出自我爸的杰作。这里面，我妈的功劳盖莫大焉。

一来二往，我妈跟我爸走到了一起。

可是，问题来了。我妈发现我爸这个人，不仅不爱说话，而且肉。

我妈说，他爸，去菜园里拔根葱吧。等一锅面条煮烂了，我爸拔的葱，还晃荡在回来的路上哩。

我妈说，啥都好，就是肉。

好事的人，总是拿我妈这句话开涮，那个啥也肉？肉啥样？

我妈红了脸，跟西天的晚霞一样，扛着巴掌，把人家撵了一节地。

我三岁那一年出疹子，发高烧。正是半夜，下着暴雨。路不好，车子出不去，也进不来。我妈急得像热锅里的蚂蚁，急忙把我抱到我爸怀里，他爸，孩子不行了，抓紧上医院！直到天快亮了，我爸才把我送到急诊室。医生边给我打针吊水，边责怪着我爸，大人是干啥吃的！再晚来半个小时，孩子可能就没了。听到这话儿，我妈跳起来吼道，姓熊的，五里路，你走了半夜啊！当然，我妈的阴阳爪同时伸过去，把我爸的脸挠得鲜血淋淋。我上学后，成绩一直不咋地，记性没有忘性好。我妈时常咬牙切齿地诅咒，都是那个死肉人害的！死肉人，指的谁，不说也知道。

随着时间的推移，打家具的行当，渐渐没有了市场。买来的家具，美观不说，价格也适宜。我爸的工具上了锈，人也变得萎靡了。

我妈的语言却没有丝毫的萎靡，大有星火燎原熊熊燃烧之势。往往，我爸不反驳，身体慢慢顺着墙根矮下去，化作一摊烂泥。

好在我爸还有一手稳固的木匠基础，他加入了乡村伐木的队伍。我们老家那一带，这些年种植着许多的速生白杨树，树长得快，却在春天吐絮，严重污染环境。必须淘汰，更换品种，伐木的生意一时间相当旺盛。

我爸手执一把电锯，吱吱呀呀，三下五除二，轻易便把一棵高大的白杨树放倒。

树倒的那一刻，扬起一片尘土。尘土形成的雾霾，将我爸快速倒退的身影，轰然淹没。

不知从什么时候开始，我爸的腰慢慢弯了，似乎直起来很困难。这样一来，他从树倒下覆盖的范围内退去，速度自然慢了许多。终于有一天，他的一条腿压在了白杨树下。

从此，我爸需要依靠一根木棍，才能完成他生活中，走两步的必需的规定动作。

我妈说他，更肉了。不过，我妈没有用她一贯的方式说他，她自言自语，悄悄转身抹着眼泪说。

种在城里的麦子

◀ 要不是因为你

午后，父亲斜卧在沙发里，一条腿吊在空中，拖鞋脱落到地面上，像一个搁浅在沙滩上的废弃物。一只个头不大的苍蝇，从他裸露的脚趾调头，顺着小腿、大腿、腰窝、胸膛、脖子，直捣鼻孔，父亲终于不能自已，深吸了两口气，响亮地打了个喷嚏。

此时，我正站在父亲面前，挡住了从窗外透射过来的阳光，以期让他睡个囫囵觉。可是，意外发生了，父亲不得不睁开双眼，惊愕地看着面前的我。

我下意识地后退一步，发出苍蝇一样的嗡嗡声，爸，我想跟您说个事儿？

父亲用三个不同的语调，连续哦了三声。显然，我的举动惊吓到了他。或者说，我的举动，足以令他感动意外。

平时，我很少跟父亲以这样的方式交流，即便不得不交流，我们大多使用愤怒的目光对视。母亲说，我们父子两个人，前生就是一对冤家。父亲的火暴脾气，在我们那个村子里，臭名昭著。

父亲坐直了身子，用一只手拍了拍沙发上的空座位，手掌里立即升腾一股烟尘和怪味儿。他说，过来坐。见我没动，又用另外一只手召唤着，来，过来说。

我慢慢走过去，用一半的屁股轻轻坐下来，双手在夹紧的两腿间出着汗。

父亲扭过头，不说话，盯着我，等待我的事儿。估计父亲心里正打着鼓，是怎样的事儿？能让同样倔强的儿子屈尊臣服啊。

爸，我是说，我不想上学了。我低下脑袋，看到父亲一只仿佛一生没洗过的脚，正往拖鞋里钻。由于常年劳作，父亲脚踝粗大，层层老茧坚硬如铁。

父亲问，为啥子？嘴里溢出的气息，粗鲁且呛人。

跟，跟不上班。我回答。

我等待着他的怒火，像火药一样爆炸。抑或重新回归到他脚上的那只塑料拖鞋，突然窜到他的手里，向我的头部发动猛烈的攻击。然而，这些几乎没有悬念的臆想，并没有出现。父亲站起来，踢踢踏踏走进院子里的阳光下。阳光好得不得了，田野里的麦子正黄，空气中游走着庄稼成熟的味道。

他开始磨镰，刀片与石头的摩擦声，穿过院墙，将一树叽叽喳喳的家雀惊飞。我不知道，他是在为即将到来的午收做准备，还是故意将自己的不满和怨气，用这种独特的方式，故意放大到非常好的空气里。

当天夜里，骑着自行车的父亲，从没有水的河桥上掉下去，摔断了一条腿。扭曲的自行车车把，先他落地，又让他的三根肋骨扎到肺管里。

父亲身上插满了管子，氧气瓶咕嘟咕嘟地冒着气泡。母亲一直没有出声，只是一把一把地把身体里的水分捞出来，消耗到时间和空间里。

父亲捡了一条命，繁重的体力活儿，时常让他气喘吁吁。

母亲说，孩子，你要对得起你爸，要不是因为你，他不会弄到今天这个样子。

事儿还要拐回头来捋一捋。

那天晚饭后，父亲顶着夜色，骑自行车到镇上，央求我的班主任黄老师，无论想什么办法，都要把我留在教室里。可是，在回来的路上，意外发生了。

父亲斜卧在沙发里，头顶覆盖着岁月的霜花。一条腿悬在空中，随着鼾声的起落而轻轻颤抖。

我站在从窗外透射过来的阳光里，冲着酣睡的他，深深鞠了一躬。

我考上大学，参加工作，生活在一个不大不小的城市。

父亲已经老得不成样子，高血压、糖尿病、肺气肿等各种疾病接踵而至。往往，他老人家要靠一根木棍，才能站起来，之后气喘吁吁地走三步歇两步。

我接他到城里居住，说什么他都不干，态度之坚决，性情之倔强，超乎常人的想象。土都拱到脖子了都，哪儿都不去！他扭过头，冲着一地爬行的蚂蚁说。

我说，要不是因为我，您老怎么会弄成现在这个样子！

他盯着我，突然厉声问，什么要不是因为你！我老了，你能挡得住！

我转过身，双手捂住眼，试图堵住汹涌澎湃的泪水。可是，事实证明，我的努力是徒劳的。

母亲临终时告诉我，我不是爸亲生的，是她改嫁到黄家从陈家带来的。那一年，我刚刚一周半。母亲还说，要不是因为你，我不会嫁给他的，他的脾气太暴躁了。

这件事儿，我早有耳闻。之前，母亲矢口否认。

◀ 钢铁的味道

在梦蝶湖畔，我们见了面。平静的湖面，罩着一层青纱。

我伸手示意，坐吧。指头点到的地方，有一个三人长椅。她眼神游离一番，终于没下决心。长椅上布满星星点点的露水，在太阳没到来之前，它们还要坚持待下去。我的脸红了红，感觉到了自己的唐突。

沿着湖边小道，间隔一人的距离，慢悠悠地散步。太阳从楼宇的夹缝里，露出蛋黄一样的脸庞。

昨天，她专程从另一个省域赶来。微信里，她说，我们谈一谈诗歌，欢迎吗？

当然，对于喜欢文学的人，我都乐意谈。而我不是一个诗人，甚至读不懂一首完整的诗。我只写小说，且写不好的那一种。三年来，熬了一千多个黑夜，掉了上两的头发，也没发表一个铅字。

她仰起脸，抽了抽鼻子。说，钢铁的味道。

莫名其妙。我盯着她扯回来的目光，下意识地抽了抽鼻子。

绿植、湖水、尘埃和一些复杂的气息，唯独没有钢铁的味道。

不奇怪，她是一个诗人。诗人的语言与思维，总是别具一格。

她扭动细长的脖子，挑战似的追问我，不是吗？

没等我回过神来，她接着说，这里到处都是钢铁。路面、楼房、商场、水下，甚至头顶，都有随时可能掉落下来的钢铁。

一架民航客机失事的消息，还在手机里发着酵。

看来，她喜欢由钢铁组成的世界。她的心灵，在偏僻的乡野，在近乎原始的地带。半年前，我们在一个文学群里认识。从她的视频里，可以看到村舍、羊群、庄稼和融化到蓝天白云里的炊烟。

昨天晚上，坐在床上刷抖音，收到了她的短信：在？在！我回答。看了看手机，午夜了，再过两分钟，将开启新的一天。

她已经来到这个充满钢铁味道的城市。我们约定，在早晨，在梦蝶湖畔，在空气尚且清新的环境里见个面。没想到，她的嗅觉如此灵敏。

太阳升起来了。雾水从草尖、叶片、面颊、头发、眉梢等等可以滞留的地方，悄然而去。

我们迟迟没有切入正题。

她不远数百里来到这里，难道只是跟我说钢铁的事情？诗歌，仅仅是一个借口，或者说一个无法预测的谎言。

我觉得，除了口中富有诗意的语言，她的外貌并不具备诗人的狂放、狡诈、迷茫和玩世不恭。沉稳、内敛、气度、语速以及偶尔飘过来的浅笑，说明她的注意力，并不在热情奔放的诗行里。

唉！她叹了一口气。刻意修剪的眉毛里，泛起一层青纱一样的忧伤。

怎么了三个字，我只在心里说。或者，说出来，才是多余的。

我跟随着她的脚步，停了下来。一只猫从草丛里窜出来，在我们面前消失到另一丛草里。

他不要她了。她自言自语。口中的他，可能是前夫或者其他。

这么优雅且富有诗意的可人儿，怎么会被人抛弃呢？世事无常啊。

他跟一个女商人跑了。

在大学里，他拼命追求她。那时，她是校园里著名的诗人，身边不乏追求者，包括跟她走进婚姻殿堂的他。

可是，诗歌不能当饭吃。

是的。

因为写小说，我跟前妻已经无法握手言和了。前妻挂在口头的一句名言，就是小说能够当饭吃！答案无疑是肯定的。前妻终于无法忍受没能回头的小说，拉着皮箱摔门而出。她的背影里，抛下一个凌乱的客厅，以及从厨房里溜出来的隔夜饭菜的酸腐的气息。

我喃喃自语，钢铁真无趣！

她的眼睛瞬间擦亮了，似乎有晶莹的湖水在波动。她突然上前攥住我的双手，激动地说，这就是诗歌！

在那个无趣的早晨，我们唯一一次触及诗歌这个敏感的词语。

分别时，她让我帮她订了一张高铁票。说，回去后，把钱转给我。

我回答，都是文学人，谈钱太俗气！

她笑了笑。我发现，她笑起来，真好看。

一个小时的约会，伴随着高铁开动时间的临近，很快结束了。

彼此挥了挥手。脑海里浮现诗人徐志摩的名句。

抖音里，我刷到了她。在青海湖畔，她伸出两根手指，作 V 字状。身后，是蓝得耀眼的浩渺的干净的湖水。

哦，她去那里干什么？这跟我订的高铁票南辕北辙呀。

也许，诗人就应该这样吧。在心里，我回答自己。

种在城里的麦子

◀ 抠 钱

在小李庄干窑活这支队伍中，论个头、论体质、论力气，父亲都不能算佼佼者。大伙儿却众口一词，极力推荐父亲当工头儿。父亲摇摆着双手，慌乱中后退一步再后退一步，两根青筋蛇一样，瞬间盘亘在脖梗上。不行！不行！父亲说。大伙儿纷纷前进两步，逼到父亲跟前问，你说说谁有你会抠钱？父亲的话茬儿，立马阻隔在嗓子眼里，鼻腔只发出态度暧昧的吭哧声。

要论抠钱，父亲算是个不折不扣的佼佼者。

他们一干人马，农闲时浑身都是力气。装窑出窑的粗活脏活，不是个爷们，还真杠不住。而干窑活的收入嘛，比土里刨食不知要强多少倍。

窑厂主都是精于算计的人。用大伙儿的话说，头发梢子都可以吹哨子。什么意思啊？换句话儿说，就是他把你卖了，你还要帮他数钱。比如当下，装出窑这个事儿。装窑时，他要求窑室塞得满满的，甚至连下脚的空儿都没有。轮到出窑，不准留下半块砖头。结算工钱时，整座窑一口价统算。想想吧，无论怎么掰指头，大伙儿释放出去的力气，都是坷垃价。

父亲挠了挠头皮，把一头的雪花放飞到空气里。他说，不能这样算，咱们要按砖块数，丁是丁卯是卯。这么一数一算，妈啊，可不得了，一座窑竟然多拿到十多块钱。十多块钱啊，在20世纪70年代，抵上一个人小半年的口粮了。大伙儿激动得要跳河，纷纷夸赞父亲会抠钱。窑厂主却气得吐血，恨不得把父亲扔到窑洞里，经受烈火的淬炼。

父亲会抠钱，就是那个时候，在小李庄口口相传，声名大噪的。

后来，窑厂主又多了根花花肠子，出窑的碎砖不能算不说，还要扣钱。乍一听，不是没有道理。可是，神仙也保证不了一座窑不出一块碎砖啊。大伙儿的汗珠儿正往灰堆里掉，吧嗒吧嗒的，能听到炸裂的声响。一齐扭过头，目光瞄到父亲的黑脸上。

父亲说，扣钱可以，碎砖归我们，算我们买下了。窑厂主双手捋了一把脸，觉得也行，不然碎砖能卖给谁呀？大伙儿在心里也算了一笔账，碎砖便宜，扣钱也不能算白扣。

由此，小李庄的门脸儿多了一道道亮丽的风景。那些用碎砖垒起的青色的或者红色的院墙，将晨起的太阳羞得很腼腆，红着脸膛，铆足了劲儿，却说不出半句大话儿来。

窑厂主后来不烧窑了，改做服装生意。他曾专门光临我们小李庄，诚挚邀请父亲给他当会计。父亲慌了神，后退一步再后退一步，连说三个词组，不行！不行！！不行！！！父亲没进过学校的门，大字不识一箩筐。窑厂主眼睛瞪得鸡蛋大，啥？你不识字？临走，在他反剪双手的背影里，丢下一句脏话。以至于，小李庄的空气里，多了一股莫名的腐烂气息。

父亲挣了钱，按元、角、分的顺序码好，折叠得板板正正，装到口袋里。回到家，母亲做熟了饭。父亲望着热气腾腾的饭菜，喉结上下滑动，但他不急于吃，而是将手插进口袋里，一张一张地抠钱。先是分票，后是角票，再是元票，再一张一张递到母亲手里。

终于有一天，忍无可忍的母亲爆发了，将递给她手中的票子撕碎，抛洒到屋外的烂泥里，愤愤地叫嚷道，李小抠！你就抠吧！这日子没法过了！此时，正值80年代初期的仲春，大地一片生机，改革开放的春风吹遍了全中国。

母亲跟随小李庄的大部队，浩浩荡荡，一路南下，进了一家服装厂。工资按件计算，收入是父亲李小抠的近二十倍。

父亲由于长期负重，肩周、腰椎和膝盖都出了问题，特别碰到雨雪天气，浑身疼得牙缝里进刀子。没办法，他只能留在家里，成了小李庄少有的留守大人。

父亲开始自学，从小学课本开始，一直读到初中。直到他捧着大部的《水浒传》，读得津津有味，乃至废寝忘食。

小李庄的村头，树荫下、晒场边、广场上，时常出现这样的场景，一群叽叽喳喳的孩子们，把一个头发灰白的大人围在中间，听他讲水浒里的英雄故事。

母亲照例会把一个个汇款单，写上父亲的名字，定期或不定期地寄回来。

从邮局回来的时刻，可以说是父亲的高光时刻。他咧着嘴，见狗都笑三分，呵呵呵。待进了院子，他悄悄关上门，从口袋里掏出崭新的票子，在自己手里摔得唰唰响。

有一阵子，父亲没去邮局了。母亲的汇款单，迟迟未到。父亲看着枣树上越落越稀的枯叶发呆。一阵寒风吹来，钻进脖子里，他打了个寒战。

母亲突然从南方回来，父亲上前几步，准备攥住她的手。可是，他的一只手扑了个空，只捏住一把毛茸茸的棉衣。父亲嘴里咦了再咦，当他发现母亲掉了半截胳膊，他像挨刀的猪一样，嗷嗷大叫。

每次从银行取钱回来，父亲总是把钱叠得板板正正，装进口袋里，回家交给母亲，一张一张，再一张一张。

母亲说，秀法，别这样抠钱了，一把都给了我吧。说罢，母亲把脑袋别过去，泪珠儿从眼眶里甩到硬地上。

名叫李秀法的父亲，嘴里嗯了嗯，一只手在口袋里抯来抯去，并没有一下子把钱全部掏出来。他知道今后的日子，像线一样三下五下扯不头哩。

◀ 智　齿

．．．．．．．．．．．．．．

　　小区的南门开一家齿形牙科。一间屋的门楣，挂一幅蓝色主调的招牌，一颗洁白健康的牙齿，却占据了它的一半部分。

　　每次送孩子上幼儿园，路过这里，她都会下意识地扭过头，向牙齿投过去深情的目光。

　　自己口腔的左上侧，长着一颗智齿，伴随了她三十一个春秋。

　　小时候的她，极爱笑，智齿闪跳出来，像如期而至的流星。大人们赞扬的话掷地有声，这孩子的虎牙，啧啧啧。自己的童年直至少年，比任何人都幸福，她顽固地觉得。

　　到了初中，一场没有结果的早恋，让她的成绩一落千丈。那个爱笑的自己，渐渐收紧嘴巴，自我封闭在日渐衰落的岁月里。

　　慢慢地，她极难张口说话的嘴巴里，智齿变得足够多余，甚至尤其碍事。对着镜子，左看右看，似乎左边腮帮比右边高那么一点点。那次上火，满嘴牙疼，祸及全身。她断定，就是那颗智齿作的妖。

曾经动过拔掉它的念头，并且付诸行动。那是一个空气清新的上午，阳光从碧绿的树叶间，一片一片地摇下来，在人流与车流之间跳跃。她小心躲避着易碎的阳光，走进幸福路上那家牙科。在坐等麻药的空档，她看到一个张着钢铁牙齿的老虎钳子，从一名男士的嘴里，拎出一颗血淋淋的大牙来。她双手捂着嘴，呕吐着跑掉了。一公里之外，她气喘吁吁跌倒在一块草地上。一路收紧的心，马上或者立即，要从胸腔里蹦出来。

　　从此，她再也不敢打智齿的主意。

　　直到那天，送过孩子，实在无聊，她双脚不听使唤似的，跨进了大白牙下的齿形牙科。

　　没有其他顾客。想到顾客这个名词，她在心里表扬自己聪明。是的，顾客而已，不是患者。

　　仅一名男性牙医，穿着白大褂，一个夸张的口罩，遮住了他大半张脸。两丛黑色的剑眉，令她心头一颤。她告诉他，她有颗牙齿有点痒，能不能止止痒。他皱着眉，口罩里发出沉闷的声音，痒啊？痒和啊之间，距离拉得很长。

　　躺到椅子上，一束强光绽放在眼前，由不得自己，她闭上了眼睛。

　　他用一个金属钩子，掀开她的半边嘴唇。另一个类似钳子的金属，在她每一颗牙齿的界面，轻轻敲击。

　　紧张中，她闻到他身上一股好闻的味道。什么味道？事后，她总结归纳为，一个干净男人的味道。

　　她屏住呼吸，尽可能不让那味道轻易溜走。

他的金属工具，最终停留在那颗智齿上。他问，是这个痒吗？

她真的不敢确定。可是，她还是认真地点了点头，再点了点头。

他轻轻出了一口气。说，没事儿，洗一洗，要舒服些。

同样在事后，他笑着跟她开玩笑，你的智齿那天真的痒吗？她发现他的笑意里，藏有那么一点点的坏。她绷住脸回答，自己的事自己知道。他慢慢收起笑，心想，眼前这个女人怪着哩。

她洗了牙，一嘴的瓷白。孩子歪着脑袋，笑眯眯地说，妈妈，你的牙真白！她开心得不得了，却不敢张开嘴巴笑一笑，生怕一嘴的瓷白，消散到空气里。

过了大半年，她又洗了一次牙。

他问她，愿不愿意来店里帮忙，月资三千。

她拧着眉说，我可不是学医的！在家里，只给孩子量过体温而已。

没事。他笑着摘下口罩，你帮我打打下手即可。

他靠近她，递过来一条毛巾。她又闻到他身上好闻的味道。他轻松地说，比如，递一条毛巾什么的，没有技术含量。

她点了点头，答应了这件事。

她到齿形牙科上班，不耽误接送孩子，两全其美。

其实，她并不缺钱。甚至，比有钱的人还有钱。她老公，是个开发商，常年在外面奔波。

牙科的生意不好不坏。他身上散发出来的味道，足以让她觉得时光很美好。

闲下来的时光，她问过他，当初怎么看中自己的？

觉得你是个善良的人。他回答。

这话中听。她笑了笑，露出瓷白的智齿。开车回家时，还享受在那句恭维话语的氛围里，一不留神，差点撞上了人。

从他人嘴里，知道他有一段失败的婚姻。他前妻曾经带一帮人众，砸了牙科，顺带砸烂了他的头。

怎么可以这样啊！她替他惋惜。这么好的一个人，怎么不知道珍惜呢？如果能够见到他前妻，她也许会耐心劝一番。然而，不可能，他们已经分道扬镳五年了。况且，她跟她没有交集，至今不认识。

丈夫把一打照片甩给她，从牙缝里挤出两个字：离婚！

她扫了一眼照片，都是他们工作时的场景。他戴着大号口罩，手执金属工具，专注一个顾客的口腔。她立在旁边，专注地盯着他，等待着他的指令。她和他贴得自然很近，近到可以闻到各自的呼吸。

老实说，她不怕离婚，甚至知道早晚要有这一天。不过，丈夫口中离婚的借口，她觉得荒唐可笑。

她向他提出辞职，并且说明了真实原因。她渴望他能挽留她，可是没有。

她去了市整形医院，拔掉了那颗智齿。

正值初春，小草从冰封的土层里，钻出了嫩嫩的尖芽。

种在城里的麦子

◀ 神秘的地窖

不是那场连绵的秋雨，也许我不会过早知道，父亲笨重的木床下，藏着一个爷爷开挖的地窖。

六岁记忆中的那场秋雨，像父亲晚年没完没了地唠叨。雨水从屋顶一片裂瓦开始，顺着墙角，蚯蚓一样爬到父亲床下，一步步钻到地窖里。

睡梦中，父亲晃醒我，说，快，快起来，下地窖。

父亲点燃一根蜡烛，递到我手里，猫着腰，钻到床下。烛光随着父亲的行进而行进，在雨水滴滴答答的夜晚，父亲慢慢矮下去，只露出一颗荒芜的脑袋和一双慌乱的眼睛。把水桶、水瓢和扫帚一一送到他手里，他嘱咐我蜡烛往地窖下伸。直到无法再伸为止，我听到一声沉闷且清脆的回音。父亲落地了。

就着飘忽的光照，父亲装满水桶提上来，由我接过，倒在门外漆黑的夜里。

地窖里的水，终于清理完了。好奇的心，促使我央求父亲，下去看看。父亲挤出一丝笑容，点了点头。父亲之所以允许我下到那个神秘的地窖，极可能出于对我那晚出色表现的奖惩。以后的岁月里，结合父亲反常的反应，我坚信自己的判断。

一小间屋的地窖，放的东西并不多。一条扁担，装在鞘里的一把长刀和一个上了锁的竹编行李箱，仅此而已。扁担和长刀，我都见过。偶尔，在阳光好得不能再好的天气里，父亲把它们请到院子里。此时，他老人家坐在凳子上打盹。有雀儿飞过，他眯一只眼瞅着，见没什么异样，顺手从身边捞起一个粗碗，咕咚喝上一口水。

竹编的行李箱蒙上一层厚厚的泥灰，像一个邋遢的老人，奄奄一息地蹲守在自己的世界里。锁，锈迹斑斑，铜的？铁的？铝的？在昏黄的烛光里，无法辨认。我弯下腰，想靠近它。父亲拽着我的衣领，一把拎起来。你爷爷留下的东西，他老人家说了，任何人不许动，尤其是自家人，要砍头的！父亲恶狠狠地说。

行李箱带着那把丑陋的锁，无数次走进我的梦里。梦里，它以这样那样的面孔，展现在我眼前。一次是白花花的银子，一次是金灿灿的金子，一次是一把手枪，一次是一副镣铐……，还有一次，竟然是一个身材矮小的老头，跟堂屋高挂着的爷爷素描一个模样。

一次又一次的梦境，把我折磨得寝食难安。课间休息时，我由不得来到街角，在修锁老人的脚下，痴痴盯着他弯曲且神奇的手。趁他扭头翻找东西的时候，迅速把一根细小的铁棒，悄悄握在掌心里。

放学了，父亲还在田间劳作，我悄悄钻到地窖里。

父亲突然神兵天降。他用变了调的责骂，把我从地窖里拽出来，甩到院子里。在他临时安放的两块碎石上，勒令我跪正跪直了。在刺眼的阳光下，我昏倒在渐行渐近的黄昏里。

跟父亲结下了梁子，直至他在唠唠叨叨的时光里死去，我都没有跟他说过几句话儿。

其间，不知由于父亲威吓的缘故，还是出自内心的恐惧，渐渐地打消了对行李箱的好奇。好像它就是一颗沉睡的炸弹，不经意就会被世事无常打扰与惊醒。

老屋列入拆迁规划，不得不按要求进行搬迁。那时，父亲已过周年，突然想起他和对他生前的憎恨，愧疚之情一股脑漫过心头。

不用费多大的气力，轻易打开了爷爷的行李箱。竹编已经腐烂，常年的阴暗潮湿，让它不堪一击。

里面只有一张折叠工整的狗皮，虽然经过熟煮，依然散发着特有的腥臭。捂着口鼻，一层层打开，惊现一幅红黑颜色勾勒的地图。黑色的线条曲曲弯弯，连接着一个个红色的圆圈，圆圈里写着张王李赵的庄名。在所有的线条与圆圈的包围中，有一个更大的圆圈，上面写着两个更大的红字：据点。经过甄别，红色为狗血，黑色为炭灰。

在市史志办，研究者们一个个睁大了眼睛。他们说，这是一张作战地图。根据图标，据点就是当年日本鬼子在苏北的驻地。史料记载，1939年深秋的夜晚，这个据点被新四军突袭，全歼敌人一百二十三人。

这张地图是我爷爷保存的。这里不得不说一说我爷爷。

我爷爷是个劁匠。确切地说，就是给猪牛羊乃至猫狗去势的。在我爷爷的手里，那些凶横的东西，一个个变得垂头丧气，直到没有雄性的尊严。所以，家族里觉得我爷爷从事的职业并不光彩，很少有人提起他。

地图几经辗转，送到北京的专家手里。他们一致肯定，就是这张地图，在抗日战争的特殊历史时期，起到十分特殊的作用。

问题又回到我爷爷那里。我爷爷是干什么的？这张重要的地图怎么会在他手里？并一代代传下来？

直到 2019 年春天，新四军研究总会发函至市史志办，寻找一个外号叫瘸子，大名叫张小根的人，说他是我党地下工作的一名优秀战士。张小根，就是我爷爷。

其时，我爷爷已经被害七十五年。

◀ 一地烟灰

母亲推开院门，正值深冬时节，细碎的霜花浪花一样铺向村外。收回远眺的目光，盯到脚下，母亲先咦了三声，后倚在门旁，顺着冰冷的门框，跌坐于地。

母亲的眼前，一地烟灰。灰黑的烟灰，在冰冷的季节，似乎残留着昨晚的温暖。

显然，母亲被眼前的烟灰吓着了。即便到了暮年，说起那一地烟灰，母亲密集的皱纹里，依然闪跳着不经意的惊慌。

母亲说，那个死鬼回来了！回来干什么？不如死在外面了事！

母亲嘴里的死鬼，不是个鬼，是个人，一个叫孙一换的人。孙一换，也是我的父亲。

这个事，还得从以前的日子往后捋。

以前的某一天，村里来个要饭的。要饭的个头不高，头顶的毛发打了结，脸上的灰印子，像用墨汁涂上去的。他对要饭这个行当，并不在行。在赶到第三家时，被从柴垛里突然窜出来的一条恶狗，咬伤了腿。鲜血从破烂的裤管，流到了地上，流到了母亲的母亲跟前。母亲的母亲，也就是我的姥姥，她是方圆有名的大善人。她老人家嘴里乖乖乖乖地叫着，急忙蹲下身来，将要饭的抱到屋里。

要饭的是个孤儿。姥姥心中一阵窃喜，自从姥爷走后，屋里一直缺少男人的气息。姥姥瞅着被自己收拾焕然一新的，当时还不是我的父亲说，乖乖，可愿意留在这个家里？父亲的眼神暗淡下来，姥姥的眼神也跟着暗淡下来，几近失望的时候，父亲憋红了头脸回答了两个字：愿意。

姥姥重新给父亲起了个叫孙一换的名字。她老人家至死都觉得，这个男人是上天用姥爷换来的。

姥姥走后，遵照她的遗嘱，母亲跟父亲正式成为一对夫妻。

可悲的是，他们过得并不幸福，彻底辜负了姥姥的初衷。

这个不幸，还要从父亲打算改名换姓开始。

父亲吃罢中饭，抹了抹嘴说，我不姓孙，我姓钱。不叫孙一换，叫钱一多。

钱一多！母亲突然弹跳起来，果断摔掉手中的碗筷，瞪着两个大眼说，什么钱一多？你的钱呢？母亲双手掐腰，晃动着一身赘肉，继续叫嚣，有种掏出来看看！

父亲没有钱，他挣的钱都进了母亲的腰包。这个话题，显然跟有钱没钱不沾边，是母亲偷换了概念。她觉得姥姥尸骨未寒，父亲就翻脸不认人，天理难容。

两个人由此展开了不见硝烟的战争。往往，以父亲抱着脑袋，蹲到地上，甚至耸肩抽泣而告终。

　　母亲的利器，不是她有多大的力气，而是她擅于从姥姥那里借力，用白眼狼这样的简单词汇，轻易就把父亲击倒。

　　父亲渐渐迷上了吸烟。

　　父亲没有钱，或者说没有主宰经济的大权，他自己种烟叶，吸自己生产的土烟。父亲吸烟不用烟杆，用报纸卷烟吸。问题又来了，那年月报纸是稀缺资源，只有学校和大队部有。大队部不用说了，里面走动的大小都是干部，根本没有父亲的份儿。父亲经常到学校走动，谎说找报纸学习。这个理由好，校长向来喜欢爱学习的人，父亲每次从校门出来，腋下都夹一打废旧的报纸。

　　报纸加大了烟灰的分量。每每父亲吸过烟，会丢下一地烟灰。因此，一地烟灰暴露了父亲的行踪。

　　母亲就是根据这个线索，判定那个叫死鬼的人回来过。

　　父亲离家出走时，我刚刚十一岁。

　　头天晚上，母亲跟父亲大干了一架。母亲的食指，先点到父亲几乎抵到裤裆里的额头，再迅速转到门外的方向，愤怒地说，滚！

　　在那几年里，类似的情况经常发生。每次母亲说滚的时候，父亲并没有滚，田间地头，依然出现他忙碌的身影。

　　次日，父亲并没有露头。一直到第三天，母亲终于意识到问题的严重性，关在屋里，把鼻涕和泪花甩得到处都是。

　　之后的十年里，满头霜花的母亲，经常从哆嗦的嘴唇里，溜出似是而非的几个字：去哪儿了？

发现一地烟灰时，母亲已肝癌晚期。

母亲临走，曾揪住我的手，断断续续地叮嘱，找到那个死鬼，说声对不起哈。

我仰起脑袋，两行泪水，顺着脖子，流到胸膛里。

◀ 蜜的枣

这个事说起来可笑，或者说没人轻易相信。

可它偏偏发生过，而且在我这里。

从那个暑假开始的第三天，我竟然干起了捅马蜂窝的营生。

对于一个一年级的孩子来说，无疑是一项冒险的工作。也许是神鬼附体，或者是初生牛犊，反正铁了心的我，至死也要干这件事。

说起来，可能让人大牙不保，笑折腰都有可能。因为蜜枣，甜得无法再甜的蜜枣，让我产生这种大胆的念头。甚至在梦里，我都笑醒过许多回，枕头上总是留下一串串的哈喇子，致使那个装满高粱皮的枕头，常年冒出酸腐的气味儿。

放学的傍晚，操场上来个白胡子老头，臂弯里挎一个褐色的竹篮子。背驼如弓，喊话的嗓门，却响亮如钟："蜜枣，蜜的枣！"前一个枣尾音拖得较长，后面枣字像刀剁的一样戛然而止。他的头脸因为喊话而红紫，嘴巴和脑袋拼命上扬，像一只卖力打鸣的公鸡。

立刻围过来一圈雀儿一样的学生。开始，同学们被他独特的喊话声吸引。慢慢地，发现竹篮里的蜜枣，才是真真正正的诱惑。揭开一张油腻的黄色草纸，露出大半篮子挤挤挨挨的蜜枣。蜜枣去籽，枣肉肥厚，呈深褐色。一层薄薄的糖霜，似白非白，像轻轻撒上去细盐，又像从果肉里泛出来凝固的小雪花。枣粒粒饱满，货真价实，一分钱一粒。同学们的眼睛钉子一样，口水在腹腔与喉咙之间漫灌。我的同学小胖，他爸在食品站杀猪，其实就是一个屠夫，同学们私下里叫他爸刽子手，家境较好，锅里不缺油。小胖的嘴角，整天油汪汪的。那天，他掏出一块闪亮的五分币，买了五粒蜜枣。平时，我没少给他抄作业。他两根手指捏一粒蜜枣，猛然伸到我面前，眯着小眼睛说，拿着，奖你的！我接过，并不吃，在怀里揣上半天，待到月亮升到窗口的时候，闻了又闻，才把它送到嘴里。枣肉入口即融，绵柔的甜意，从头顶一直浸到脚底板下。那一刻，突然觉得渐渐爬到脚下的月光，也是甜甜的。

小胖偷钱，挨了刽子手的暴打。鬼哭狼嚎之后，供出了我，以及那粒蜜的枣。

为小胖痛惜，也痛恨刽子手。枕着一窗的月光，梦游一样地想啊想。怎样才能拥有自己的蜜枣呢？

一天晚上，在药材站上班的邻居，来家里闲坐。油灯下，他和我爸两个人有一搭没一搭地聊得起劲。偶然间，听到他们聊到了马蜂窝。他说那可是一剂不错的中药，站里正准备敞开大门批量收购。

种在城里的麦子

说者无意，听者有心。马蜂窝啊，不就是马蜂的家吗？村子里的屋檐下、草丛中、树杈间，甚至低矮的茅厕里，也藏有或大或小的马蜂窝哩。

说干就干。即刻从涡河的汊口，折来一根细长的荆条，绑一个铁钩子，开始戳向马蜂窝。

可是，出师未捷。受到惊扰的马蜂，箭一般射过来，在我身体裸露的地方，播种下一个又一个疼痛难忍的毒瘤。

躺在床上，我发出即将垂死的呻吟。

父亲咬牙切齿，誓言为我报仇雪恨。他老人家口传手授，毫无保留地教会我戳马蜂窝的技能。

戴一顶父亲的草帽，穿着他宽大的棉衣，悄悄向马蜂窝步步逼近，看清瞅准，突然上去一钩子。当它们被激怒的时候，我却静静地蹲下来，作稻草人状。马蜂们纷沓袭来，却无功而返，回头发现已经没有家时，慢慢地四散而去。

那个暑假，我戳了三十三个马蜂窝，换来一块三毛钱。

驼背老头再来操场时，我一家伙买下十粒蜜枣。只见他将一张小小的草纸叠成号状，用小号的一角当作铲子使用，一粒粒将蜜枣铲入号中，再折起号角，制作一个菱形的果包。

脑海里，瞬间浮现小胖油汪汪的模样。在那个暑假，他下到涡河里洗澡，一个浪头扑打过来，再没能喘着气上岸。

母亲的病又犯了，突然晕过去，摔倒到猪圈里。父亲拉着板车，我在车后推着，匆匆忙忙把母亲送到了集上的医院。

菱形的果包，装在我裤子的口袋里，贴着皮肉，草纸弄破了，枣的蜜溢出来，粘在大腿上。

太阳升到南天，母亲终于醒过来。看着她苍白的脸庞，我流下了眼泪。掏出破烂的果包，塞到母亲手心里，贴着她的耳根说，娘，蜜枣，你吃。母亲一头的乱发，在白色的枕头里轻轻颤动。

父亲徘徊在缴费窗口，像暴雨前的蚂蚁，转过来转过去。我拽住他，递过去剩下的一块两毛钱。父亲接过钱，一只手伸进窗口，一只手在我一头散发着汗臭味儿的乱发里耐心地搓揉。

下雨了，雨点砸在泥土里，空气中游走着天地混合的复杂气息。

睡梦中，我吃了一粒又一粒蜜枣。甜甜的，蜜蜜的，柔柔的。

当我醒来时，母亲手中端着一碗水，笑吟吟地看着我。我慌忙爬起来。

母亲说，孩子啊，你真馋死了，十粒蜜枣吃光了哩。

啊！我张大了嘴巴。一股股甜蜜的气息悄悄溢出，我赶紧又闭上了嘴巴。

静夜的村庄里，响起我肆无忌惮的哭声。

那一天，我整整八岁半。

◀ 我们家的独轮车

我们家一直珍藏着一辆独轮车。枣木轮子，槐树架子，间隔一人有余的两个车把之间，系一根牛皮材质的跨肩带子。

父亲把它安放在一个单间里。尽管房子翻盖了好几回，它却一直享受着父亲给予的特殊待遇。

父亲坐在轮椅上，一根食指点了再点说，我就是推着它加入的中国共产党。父亲的食指最后回到自己的胸膛，眼睛泛起了一层水色。

父亲在党五十五年，七一前夕，市委组织部专程派员，给他老人家送来一枚金光闪闪的勋章。

时间回放到五十七年前。

一场大暴雨，把村东头的石桥冲塌了。村子北面临河，河水长年累月从村子周围转了一个大圈，之后顽皮地一路东去。可不得了，那座有百岁高龄的老石桥，是通往村外世界的唯一通道。

大伙儿眼睁睁看着石桥倒塌，又眼睁睁看着咆哮的浊浪，把一块块散架的石头挟裹而去。队长嘴里噙一根铜烟杆，把一脸的愁容从黝黑的皱纹里，一缕缕抽出来，混合着呛人的烟味儿，飘散到雾色濛濛的空气里。

天一放晴，队长便召集大伙儿商议，怎么能把石桥建起来？

父亲那年二十四岁，正值身强力不亏。他老人家从人群里站起来，举起右拳，立在肩头，铿锵有力地说，到怀远山上拉石头。

大伙儿的目光，一齐射向父亲，其实心里在嘀咕：怀远有两座山，也是平原大地上少有的两座山。可是，离这里六十多公里，怎么去？又怎么把石头运回来？

队长噙着烟把的两片嘴唇，像一副小竹板，呱嗒呱嗒地响。目光转回来的大伙儿，期望他能说一句透底的话儿，而从他嘴里冒出来的，却是一缕缕更加呛人的烟味儿。

队长上午凫水去了公社，下午又凫水回到村里。他缓缓地来到父亲跟前，把一只湿漉漉的大手搭在父亲肩头，垂头丧气地说，少林呐，咱们上怀远山上拉石头吧。

队长没回身，用另一只手指着自己背后说，刨两棵树，造独轮车。队长手指的方向，一棵枣树和一棵槐树，正在夏木阴阴里茂盛着。

父亲抬头望了一眼树上闹窝的喜鹊，心里说，小伙计，对不起了哈！

放倒两棵大树，造了三辆车。省下的材质，拉到集市上卖了，用作购买石头和路费的专款。

父亲带领五个人，淌过小河，披星戴月，向怀远的方向出发。

父亲每次说到这里，总要停下来喘口气，好像走路累了，坐下歇歇脚。

每当这个时候，我急忙给父亲递过去一杯温开水，让他老人家润润嗓子。去年，他刚作了心脏搭桥手术，医生嘱咐千万不能激动与劳累。

我问父亲，你们拉石头总共去了几趟？在路上歇了多少脚？

父亲笑了笑，露出一嘴仅有的三颗黑黄牙齿，伸出一只手，在空中翻过来翻过去。当他把我的眼神都翻花了的时候，挤出来一句话儿，一百二十一趟，来回二百四十二趟。说到这里，他停下来，盯着我的眼睛，似乎问我满不满意。对于我的第二个问题，他老人家没有回答，或者说根本记不起来了。我点了点头，再点了点头，表示相当相当的满意。

大前年，父亲双腿静脉曲张，严重变形，再也站不起来了。

我想，父亲可能都是因为使用脚力过度，才患上如此腿疾的。这个话，我跟我儿子说过。

父亲有一天莫名其妙地告诉我，没有的事儿，都是命！

石桥重新建了起来，至今还在用。当然，它已经不是村子唯一的出路。如果它命名为一桥，二桥、三桥、四桥都分别诞生了。

父亲使用过的那辆独轮车修了散，散了修，早已不成样子。直到村子实行联产承包责任制，应父亲的请求，队里把独轮车分给了他。

村子列入规划，整体拆迁。速度进展很快，一排排挖掘机过桥进村，昂首挺胸，呈现战时姿态。

乡亲们个个笑逐颜开，即将住上楼房的喜悦溢于言表。

父亲的忧郁，一天天在叹气中蔓延。我自然知道父亲忧郁的原因，他老人家一直在担心，那个心肝宝贝的独轮车该怎么办？

我说，爸，咱们把车捐给博物馆吧，到那里，它更具有珍藏和教育价值。

父亲眼睛里闪出一道亮光，点了点头。

联系好博物馆，父亲让儿子和我分别推着他和独轮车，去了队长的墓碑前唠叨。父亲扭过头对我的儿子说，做人不能忘本呐。当年，修好桥，老队长介绍我入的党啊！

我嘱咐儿子多拍几张独轮车的照片，留给爷爷作个纪念，说不定哪一天你爷爷……往下的话儿，我没说出口，一股热辣的东西突然堵塞在胸口。

递给父亲照片的时候，他从胸口颤抖着掏出一张油印的《拂晓报》。报纸的右下方有一张模糊的插图，一个弓腰搭背的老人，推一辆独轮车，车上装满了粮食。下面有一行依稀可辨的小字：支前英雄。

我当然知道，《拂晓报》是当年新四军第四师彭雪枫师长创办的，是他强军杀敌的三大法宝之一。

父亲说，这张报纸是他父亲留下来的，里面的老人就是他的原型。

我眼眶里噙满泪水，尽可能不让它在父亲面前流下来。

掏出手机，对着老得不成样子的父亲，连同他手中的报纸，我快速按下了快门。

我想，一定要把这张照片和报纸送到博物馆！

让历史告诉后人！我想。

◀ 哎呀呀
·····················

哎呀呀，这几个虚张声势的汉字，经常从母亲嘴里溜出来。慢慢地，变成一句经典的口头禅。

比如，鸡叫三遍了，母亲从梦中醒来，边往身上套衣服，边连声说，哎呀呀，晚了晚了。南地里，一地的麦子黄了，正是收割的好时候。

还比如，猪圈里的猪崽饿得嗷嗷叫，母亲脚下生了风，小跑着把猪食倒进食槽里。哎呀呀，小祖宗们饿坏了。

再比如，父亲推着自行车从外面回来，母亲快速抓一条破毛巾，迎上去，甩到父亲的前胸后背。哎呀呀，脏死了。浮尘腾空而起，飞舞到喧嚣的空气里。

母亲什么时候开始说哎呀呀的？这个不太好考证。

让我记忆最深刻的，有那么一次。

N 年前的大年初一。天冷得不得了，屋檐下挂着白胡子一样的冰凌。家家户户都包饺子。那时候，日子紧巴巴，包顿饺子吃，只有过年的那几天。整个村子从东到西，倒过来从西到东，刀剁案板的声音此起彼伏。即便是人口少的人家，饺子包的不多，他们也会在剁饺子馅这件事情上，做到大气从容。狗在锅屋门口摇着尾巴，忠诚地驱赶着试图靠近的鸡和鸭。大鹅似乎不太怕，它伸长脖子，在院子里制造一浪高过一浪的抗议声。

母亲在锅屋里忙碌。择菜、剁馅、和面、擀皮、包饺子，直到把饺子嘟噜到滚水里，一缕缕香气从半开的木门里溢出去，丝丝缕缕钻到狗鼻子里。那只没出息的土狗，嘴里的哈利子流成了一条绵绸的丝线。

母亲拎着擀面杖，扬在高空中，向着它的脑袋砸下去。它只有夹着尾巴逃走，站在院外可怜地张望。

母亲盛满一碗饺子，招手叫我到身边，悄悄地说，乖，把这个送给奶奶。母亲的下巴，往屋后的方向，扬了又扬。

屋后仅有一间的矮屋里，住着一个寡居的奶奶，却不是我的亲奶奶。到达她的矮屋，需要翻过一堵矮墙。

看着锅里飘着稀稀拉拉的饺子，我心里犯着嘀咕，为什么要给一个不亲的人？我的小嘴撅起来。母亲笑着说，哎呀呀，我的乖，挂油壶不要楔橛子了。见我迟迟没动，母亲突然拉下脸，眼睛斜愣着，把手里的一双筷子摔到案板上，说，不去不给你吃！

我把眼泪憋在眼眶里打转转，接过碗，转身离开。

可是，可是，可是，这三个蓦然冒出来的转折词，代表着那时一颗无比悲伤的心。可恶的土狗，不知什么时候从身后跟过来，咬住了我的裤脚。哎呀呀，很不幸，我摔个嘴啃泥。更不幸的，碗从手中飞出去，在冰冷的泥地里滚出了一个大大的问号，之后完好地静止在那里，像瞪向天空一只绝望的眼。可想而知，饺子散落了一地。

土狗快速跑过来，叼了一个饺子，躲到柴垛后面独自享受。接着鸡和鸭，还有伺机而动的大鹅，都不约而同地跑过来。这鸡飞狗跳的壮观场景，惊吓到了母亲。她一路飞奔，撒了一地的哎呀呀。

母亲先驱赶着那些不知好歹的畜生们，之后弯下腰，捡起碗，把破了相的饺子一个个拾起来。最后，才腾出一只手，一把从地上拽起我。

我端起新碗，左顾右盼，终于成功越过矮墙。

母亲蹲在锅门口，慢慢吃着经过清水冲洗的饺子。偶尔，她龇牙咧嘴，吐出硌牙的黑色颗粒。

后来注意到，哎呀呀这几个汉字，从来没有在母亲生活里消停过。

有一天，在放学的路上，母亲抬起一只手，搭在我的肩膀上。嘴里说，哎呀呀，我的乖，长高了啊。她突然像个小学生，歪着头追问我，乖，你知道为什么给奶奶送饺子吃吗？这个问题，也是我一直想问没问的。

母亲眯着细眼，望着前方的河流，喃喃地说，你不到四岁的那一年，滚到河沟里，若不是奶奶跳到刺骨的冰水里，世上就没有现在的你了啊。

脑海里浮现出奶奶在世时的模样。弓腰、驼背、走路颤颤悠悠，若不是手里拄着一根同样颤颤悠悠的木棍，随时可能栽倒。

由不得自己，我在心里，连叫了三声哎呀呀。

母亲七十三岁时，查出喉癌，不得不做了喉管切除手术。

母亲只能发出含混不清的声音。从胸腔里喷出的气流，经过嘴巴下方时，已经被那个术后留下的黑洞消耗殆尽。

母亲走得并不意外。在告别大厅，母亲张着嘴巴，冲着洁白的天花板，分明呐喊出无数个哎呀呀。

那个惊心的画面，时不时闪跳在我的心头。往往，它又被从眼睛里奔涌的潮水，冲刷得模糊而清晰。

◀ 醋
·······

这是个一听到就牙酸的字眼。

之于路小路，不止牙酸，他还会打嗝，乃至呕吐。

这个事儿，要从以前的日子说起。以前，也就是路小路小时候。

路小路的父亲在镇酱醋厂上班，负责沤制醋曲。酱醋厂个体老板姓吴，外号无法无天，时常叼着一根烟，指挥着满头大汗的路小路父亲用点力再用点力。路小路的父亲像一头牛一样，把发酵好的高粱米，一锨锨甩到池子里，过几天再一锨锨甩出来。站在上风口的吴老板，偶尔吐几句脏话，烟灰肆无忌惮地飘落在池子里。路小路的父亲实在忍无可忍，把铁锨插到曲堆里，手点着敞口的大门说，你站远一点！吴老板自然不高兴，他掐灭烟，踩在脚下拧了拧说，相不相信我开了你！路小路的父亲慢慢低下头，不说话，汗珠儿滚下来，同样混杂到池子里。

路小路喜欢黏着父亲，他身上有一种挥之不去的粮食香味儿。

听到父亲的脚步声，路小路像那条小黑狗一样，屁颠屁颠跑过去，一下子扑到他怀里，拱来拱去。待到路小路口齿清晰时，边拱边说，真好闻！父亲问他，啥好闻？路小路笑得咯咯叫，用一个肉乎乎的巴掌，在父亲头上、脸上、肩上和头上的毛发里，摸了个遍。

父亲在镇上打工，挣的钱不多，而他可以吃到父亲带回来的烧饼或油条。在那时是一件不得了的事儿，路小路的威信在同伴们的眼里，蹿到天上去。

他们家的菜碗里，除了大块的粗盐，还多了一样奢侈品：醋。

路小路的父亲告诉路小路，醋是个好东西，粮食的精华。精华这个词，后来路小路才知道是个啥意思。可是一提到醋，路小路就把精华篡改了，心里想到的却是糟粕。

路小路六岁那年的某个中午，没有一丝风，天热得不得了，父亲第一次带他到酱醋厂去。

下午的时候，乌云堆积，突然下起暴雨。路小路正在平房的屋顶上玩陀螺，玻璃球一样雨滴砸了下来。父亲在对面的屋檐下，招手让路小路赶紧下来。一不小心，路小路掉进敞口的醋缸里。父亲快步跑过来，路小路喝了几口酸得龇牙的醋水。上午，路小路亲眼看到，醋缸里爬满了蛆虫。肥而白的蛆虫，在醋缸的表层聚焦，像飘了一层蠕动的积雪。

自此，路小路一闻到醋味，由不得自己，打嗝再打嗝，呕吐再呕吐，饭也吃不香，觉也睡不熟。直到瘦得像一把柴，或者一个猴。

父亲无奈辞去镇上的工作，走村串户收破烂。

他们家的菜碗里，也由此少了一道叫醋的粮食精华。

父亲很快瘦下来，查出胃癌。临终的时候，父亲提出一个小小的要求，在自己汤碗里加点醋。路小路捂着眼，尽可能不让泪水流下来。他打着嗝，转身离开病房，眼泪顺着指缝流到巴掌里，直到纹路里沟满壕平。

路小路相了多次亲，都因他这个坏毛病而告吹。

刘春花头一仰，笑嘻嘻地说，我不在乎！

路小路很喜欢刘春花，觉得上天派来拯救自己的。在口头上，路小路表达得很直接也很露骨，我爱她！想想也是，为了自己的坏毛病，舍弃人间的美味，搁谁谁不感动。

过年吃饺子，没有醋咋行啊。刘春花偷偷在自己碗底下，点了几滴醋，肩头夹着手机，装作打电话，溜到外面吃。

那晚，路小路打着嗝看完春节晚会的。刘春花身上的味道，可疑又可怕。

此时，国家放开了三胎政策。他们曾经商量，先完成二胎的目标。

说来奇怪，过了春节，路小路对刘春花没有兴趣。有几次，刘春花喷了香水，效果依然不好。

路小路的好朋友酒后大着舌头说，刘春花跟单位的一个年轻人关系不一般。

路小路跟好朋友翻了脸。心想，玩去吧！吃醋吗？想到这个字，路小路又打起了嗝。

刘春花回家越来越晚，有时身上带着烟酒气。

路小路心里咯噔一下。抓起手机，搜索好朋友的电话号码，怎么也找不到。记得上次，话不投机，删了。

夏天还没过完，刘春花说，咱们分手吧。

路小路从沙发上弹起来，说，啥啥啥？我改不行吗？

可是，路小路嘴里的话儿没说完，快速地打起嗝。他急忙趿拉着拖鞋，双手捂着嘴巴，向卫生间冲去。

◀ 消失的木匠

木匠瘸了一条腿，担着挑子，像水浪中的小船一样，慢慢向我们家的院子晃荡而来。

此时，我奶奶刚刚抓起一把鸡粮，撒到迷人的晚霞里。

看见了木匠，我奶奶慌忙踮着小脚，小跑几步，上前托住木匠肩膀上的榆木扁担。说，累了吧，快快，坐下来，歇歇脚。说着，风一般闪进光线暗下去的锅屋里。

锅屋里明亮起来，一束光亮将黑暗逼到院子里。野草焚烧的气息既呛人，又好闻。

木匠并没有急于歇脚，走近我，在我头上摸了摸，再捏了捏我的脸蛋。见我撇嘴欲哭的样子，才转过身，跌坐到墙根下。

等我第二天醒来，吃饱的鸡已到院子外面散步。木匠赤裸着双臂，手执刨子，在一根槐树木头上前后翻飞。

我奶奶说，打一张床，给俺孙子睡。我奶奶的话儿，分明是对木匠说的，而她老人家却把目光转移过来，轻柔地飘到我跟前。

现在回忆起来，那时的我，说不清高兴还是不高兴。阳光从天上洒下来，身上暖洋洋的。

我没见过我父亲，更没见过我爷爷，我奶奶就是我的阳光。

我问过我奶奶关于我爷爷和我父亲的事情，我奶奶叹了一口气，随之吐出一句没有力气的话儿，等你长大了就知道了。日子过得像蜗牛一样，觉得自己总也长不大。从一个春节到另一个春节，我的个头，还是没有超过自己在槐树上作的那个记号。

床很快打好了，中间攀了麻绳，微微掉下肚兜儿。

站在床边，我奶奶一脸的霞光，她摆手又摆手，叫我赶紧过去。待我走近，一把拎起我，高高举起，丢到床的肚兜里。之后，在我先哭后笑的声音里，拍了拍双手，走到锅屋里，给木匠做饭去了。

木匠没有走，住到我们家的西屋里。西屋里老鼠多，往往叽叽吱吱地闹腾到半夜，直至我昏到梦里面。

木匠开始给左邻右舍打家具。

我奶奶说，小朱的手艺真的好，你看看，啧啧啧。有时，她老人家还会把我的小床搬出去，当作样品反复推介宣传。

才知道，木匠姓朱。在我眼里，他并不猪。高挑的个子，瘦削的面容，两个深陷在眼眶里的黑葡萄，透出丝丝的忧郁与神秘。

我奶奶递给我一个粗瓷大碗，碗里盛满热气腾腾的面疙瘩，努了努嘴，让我送给院子外面的木匠。

木匠正在忙，头脸上落满了细细碎碎的木屑。木屑有的被风吹走，在脚下不时滚动，有的粘在木匠的额头上，像故意撒下的金粉。

快靠近木匠时，我即将把碗放到地上。两只不知好歹的鸡突然飞过来，打翻了碗，也抓伤了我的手。

我奶奶从锅屋里跑出来，扬起扫把，哄走了鸡。之后，在我屁股上留下愤怒的印记。

小朱师傅丢下手里的活计，夺过扫把，用整个身子罩住我。

从那时开始，我发现小朱师傅的好，渐渐地，觉得超过了我奶奶。

小朱师傅忙的时候，我越靠越近。有一天，他用袖口抹了一把额头的汗水，把手里的刨子递给我，说，小家伙，来试一试。刨子沉沉的，差一点从我酸疼的手里脱落。

我跟我奶奶说，我想学木工活。我奶奶正往灶膛送柴禾，她突然住了手，柴禾从灶膛里掉下来，在她面前燃烧着。我奶奶翻了脸，嘴里吼出一个字：滚！

那一夜，我翻来覆去睡不着。我奶奶的凶样吓到了我，或者说，我正在憎恨着我奶奶。她老人家为什么不让我学木工活？至今，依然是个谜。我奶奶如此款待木匠，为什么不让我跟他靠近呢？

起夜时，皎洁的月光照亮着大地，也照亮我们家的小院子。

我发现，木匠坐在门前的月光里，眼睛望着东北的方向，双手捂着脸，轻轻啜泣着，声音很小，在寂静的深夜里，却有着穿墙越山的力量。

我吓坏了，不知如何是好，身体里的鼓胀，令我的疼痛更加强烈。

第二天早晨，我奶奶赶走了院子里两只鸡，狠狠地挥动扫帚，将扬起的灰尘弄到清新的空气里。

木匠再也没有在我们家的院子里出现过。

我奶奶整天阴沉着脸，好像整个世界都欠她许多钱财似的。

我奶奶临终前，将一张褪了色的火纸交给我。她老人家哆嗦着嘴唇告诉我，这是你木匠朱爷爷出走时留下来的。两颗浊泪，像珠子一样，从我奶奶的眼角出发，一路直下，落到枕头上，消失到一团汗水和泪水常年浸泡的棉花里。

火纸上的字迹歪歪扭扭，透出暗红，仔细辨认，顺成了两句话儿：见字如面，今后小朱照顾你！麻子。后经专家鉴定，那是一份血书。

麻子，是我爷爷的外号。他当过土匪，当时的名号，在方圆百里如雷贯耳。

从县志里获悉，我爷爷投奔东北抗联，在对日作战中不幸牺牲。

小朱不姓朱，姓马，叫马小根。他乔装打扮，受我爷爷之托，不远万里，回到安徽。可是，他没能完成我爷爷的嘱托。

新中国成立后，我父亲荣归故里，戎马一生的他，陪伴着我奶奶，直到终老。

而今，马小根的画像，悬挂在家乡烈士陵园的展室里。

几经考证，此马小根就是当年的小朱师傅。他跟我爷爷同乡，一起去的东北。